U0011720

文字森林
READING FOREST

文字森林
READING FOREST

除了病，我一無所有

致無法

被任何事物療癒的你

洪子如 April 著

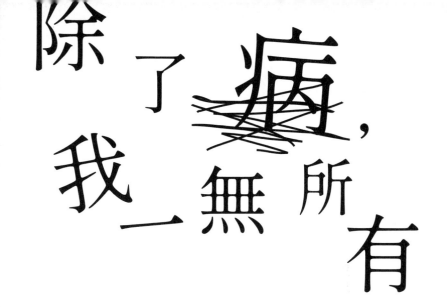

目錄

第二章 愛是邪教

第二章 活著

好評推薦

「因為疾病，我們更加完整。」

——方億玲，而立書店店長

「善待自己，需要多少深呼吸、願意、和相信？要經歷多少退縮、迷惘，才能確信活著就是意義。這本書提供的真實密碼，足以陪伴每一個不安的靈魂。」

——沈可尚，導演

「感謝作者真誠而勇敢地向這個世界拋擲出一次又一次的信號，在最深的暗夜裡，她用熾熱的心迸裂出絢爛的花火，一朵又一簇、毫無保留的，用文字呼喊、呢喃、詠嘆……生命，是那麼的疼痛又那麼的美，既狂暴又溫柔、既殘缺又如此圓滿。在她的火光底下，生無可戀，或許更甚是種自由。」

——坤娜 Queena，PATH 身心靈・坤劇場共同創辦人

「Here comes April：情緒有多豐富，世界就有多豐富……雖然豐富的代價包含痛苦。」

——馬大元，身心科醫師、YouTuber、親子專家

「不同於林奕含用房思琪故事投射個人的遭遇，子如用第一人稱寫下自己躁鬱與創傷後壓力症發病前後的心路歷程。但相同的是，兩人都希望幫『精神疾病去汙名化』發聲。精神疾病是大腦疾病，不須羞恥，不要排斥。當更多人都能和子如一樣不避諱地談論，精神疾病自然能去汙名化。」

——張家銘，台灣憂鬱症防治協會常務理事、前理事長

「一本重回創傷、勇敢出征、直搗生命意義的動人好書。」

——莊明翰，《憂鬱世代》作者

「謝謝作者April願意站出來分享自己的經歷、創傷和療癒的過程。去汙名化，需要有更多像April一樣的人分享、像采實文化勇敢地出版。作者在書中提到如何和醫生配合，如何了解藥物，如何在停藥和使用之間找到自己的平衡點。只要願意治療，你也可以伸出手，成為治癒的希望。」

——陳璿丞，析心事務所所長、精神科醫師

「整個世界安靜無聲，但內在的每一個人格都在尖叫，那樣的尖叫，該如何讓身邊的人知道？走過憂鬱症的人可能都做過這道題，而書寫是很好的方式，因為當身邊的人知道，就能啟動有效的交流，讓壓力開始釋放，了解——一直是陪伴的啟發點。」

——蘇禾，肯愛社會服務協會祕書長

「讀著小女新書手稿，看到她鉅細靡遺描述自我的感受，如此真誠又貼近人心，這三年承受這麼多的痛苦後，有坦露心路歷程的勇氣，真的很不簡單。身為母親，目前最大的希望是：繼續『活著』才能持續為『精神疾病去汙名化』發聲，這只是起頭。願子如揭露自我的故事，可以造福一些沉痾已久的人。至少，我們有同類，我們並不孤單。祝福大家平安！」

——作者洪子如的母親

前言
願你平安

「精神疾病去汙名化」的出書計畫獲得台北市文化局的藝文補助了，經過兩年的時間，修修改改成同一份詭異又自由的企劃書。因為撰寫時間拉得長，意外保留了我在躁鬱症狀態下書寫的自大暴力，像是指著評審委員的鼻子，質疑著最規矩的企劃書格式，任性拒絕回答類似的問題；也在恢復理性與客觀視角後，紀錄了鬱期與躁期的不同性格所反應出來的行為與文風。

回想當時的自己，抗拒政府補助企劃書的格式，甚至在簡報時帶上了藍芽喇叭，邊講邊播放自己喜歡的音樂，更刻意用著恐怖情人的口吻，在企劃書的開頭寫著：「無論最後是否得到你們的肯定，我每年還是會以相同的標題名稱投件，直到你們記得我。」

在罹患憂鬱症、躁鬱症前，我是一個開朗熱情的影像工作者，二十七歲那年發病，才理解時間與存在即是煎熬難受的世界，當下我所能夠控制的最大範圍是自己狹小的房間，而房間外的事，全部被迫的與我無關。面對病的恐懼與未知，僅剩那顆渾沌到無法思考的腦袋，每刻都在暴力質問自己：「為什麼我連出門的力氣都沒有？為什麼我感受不到任何情緒？當我無法解釋自己的狀況時，該怎麼接受那些想要幫助我的人所說的話語？」

或許是因為病得夠久，明白自己不會被輕易放過。有時候，精神疾病對我來說像是白紙上的兩個黑點，絕望時，可以在兩點之間的空白畫出無限條悲傷的連接路徑，每次發作都可以視為新的折磨。但看著「無限」二字，我想到人總有辦法囂張地定義自己沒辦法完全理解的事情，基於某種對於病的痛恨，我抗拒成為無法理解命令卻毫無怨言的士兵，彷彿在槍林彈雨的戰場拿起筆，試圖完整寫下每次的經驗。

我將痛苦的感受分門別類，有系統地彙整發病的所有誘因，硬是選擇樂觀看待原本白紙上的那兩個黑點，幻想著它們中間的距離，若兩點連成線，慶幸哪些線是自己曾經走過的，就像是面對反覆發作的病，哪些是可以預測與預防的。

這樣一篇篇病中紀錄，好似讓我掌握蛛絲馬跡，才得以確信「經驗」可以讓人獲得某種程度的安慰。

於是，身為影像工作者的視覺能力讓我在發病時反過來觀看自己，好好置身於那樣寂寞的空間裡，睜大眼睛去環顧思緒，把所見所聞小心翼翼放進口袋，不把它們定義成過剩的情感，想要有條有理地陳述每種情緒，並相信每種情緒都有所價值，盼望在一場勢不可擋的頹廢中，止住自己暗中想要放棄的僥倖心態。（當然，放棄也是很勇敢的吧。）

我像拿著大聲公，斥責那些說你行為不正常的人，當人生病了、事情發生了，那就是在不尋常狀況下的正常。在這個呼喊說服自己的過程中，期盼有些人能因為我所發出的聲響而回頭看看，「精神疾病去汙名化」才會有實現的一天。

自知文字能力仍不夠細膩、思考不夠純熟全面，但破碎與矛盾的片段也確實是精神疾病的一部分，因此決定彙整發病時的文字出書。於介質中限定閱讀媒材，被翻頁的瞬間，得以透過紙用文字接近人的剎那，我僥倖地向慌忙世界偷來了時間，在適當的距離被理解。終於不用把文字灑在螢幕上坦白展露，可以一句一句地藏在書裡了，我會珍惜這難得時刻，把想說的一次盡力說完。

希望自己的經歷能成為病友的一本索引和字典，讓病友、不了解精神疾病的人可以在其中找到一些相似或相符之處，而不覺得自己孤立無援。或許未來，有人發病時的情緒路徑與我重疊時，可以看看這本書，像是把你的思緒拉進我床旁邊的椅子，泡杯熱茶，一起聽著〈Blue in Green〉，我會慢悠悠地說：「別慌，我也曾在那裡。」

這次我們就不加油了，願你平安。

第一章／病後，一無所有的日子

「並不是某一種明確的疼痛突然出現，使我們想起了我們的脆弱，而是有一些更為模糊、但更令人不安的信號，在向我們暗示我們即將被逐出時間。」

——蕭沆（Emil Cioran），《解體概要》（*Precis de decomposition*）作者

01 眼睛

醫生說妳眼睛病了，替妳戴上紗布，妳小心翼翼地過了二十八年，一次跌倒被妳扯下，妳在鏡子前看著自己的眼睛，雪亮且清晰，醫生沒有告訴妳，妳就是看得太清楚了，才有必要被遮住。

02 配不上

有一天，意外翻到三年前躁鬱症發作時的自拍影片，我刻意拿下了一耳的AirPods，用時間軸快速拉完，再小心確認YouTube有沒有設成私人影片。

終於沒有焦慮到好想消失在世界上的感覺了。

那陌生的自己，當時無法控制地每天用手機開直播，發生什麼事都對著網路咆哮，唱超難聽的Rap，被網友嘲笑辱罵、被匿名攻擊，再邊叼著菸邊拍影片，狠狠地回應每篇評論。開著兩台電腦，在所有想得到的社群上發布暴走憤怒的片段字眼，嚇跑一堆過去的同學、好友還有欣賞妳的客戶，被封鎖就再開新帳號，繼續爆炸。

我鄙視一些人看待我的標準，拍裸露照片，談憎恨世界，為了貶低對方，對著匿名攻擊留言自慰。

醒著時都在講話，停不下來，口渴了就搭計程車找人做愛，沒辦法回親友電話和訊息，每天睡不到四小時，發病狂躁的腦袋就這樣足足燒了三個月。

三個月很長嗎？妳不知道，但原來長到足以讓妳一無所有。

論及婚嫁的未婚夫、點滴辛苦編織起來的接案工作、終於開始接觸大型的拍攝、最重要的人對自己的期待、感到快樂的能力、對存活的意願、從小一起長大的摯友。

在他們一起消失以前，妳不知道，原來這些元素一起出現時有多難得，等到妳想把他們拼湊回來時，才知道彼此之間的距離原來是這麼努力追也追不到的。

躁鬱症發作三個月後的鬱期，我的情緒由最為高漲直衝谷底，進入嚴重的憂鬱（depression），創傷後壓力症候群（PTSD）連同憂鬱症一起發病，我每天忙著懊悔我在眾人前出醜的躁期，以及回想最初讓我患上PTSD和憂鬱的原因——那根多年前對妳下藥後插入妳的陌生陰莖，進去出來後讓妳開始對自己的生命感到這麼生疏。

書寫一直都是我發病的解藥之一，讓我可以用手指敲打出連自己都模糊的想法，經過不斷修正後，讓我梳理邏輯更堅定立場。

原來，如果難受到連自己都無法接受，因此寫不出來也講不出來時，真的沒有任何方法能夠解脫。

我也是那時候才知道，發病最嚴重的程度除了失憶，還有失去識字閱讀的能力。

世界對一個沒有能力把話講清楚，窮得只剩文字的人，沒收文字。還有可能擁有任何信仰嗎？該向誰求情，才能夠放過我呢？

通常，我會在下午起床，坐在床上動也不動地看著窗外，等待晚上來臨，可以合情合理再次吞下安眠藥，將自己打昏，進入睡眠。只有那段時間我可以不感到痛恨自己。

真的連呼吸都好辛苦哦，妳一口吸、一口吐，計算著這些重複而感到慌張。為什麼連這麼短暫細微的事，也覺得艱苦難熬呢？

那天意外看了影片後，終於能夠回想到這邊，在床上哭了起來。妳瞄到室友送的花，發現自己這兩年收到花束時會覺得五味雜陳，既欣喜又悲傷，心裡一沉，原來是妳已經有很久很久，覺得毫無價值的自己配不上，配不上任何東西。

三個月很長嗎？妳不知道，但原來妳需要花三年以上的時間適應那些閒言閒語，恢復妳的交友圈，重新取得客戶的信任，還有那些大家認為妳標準的模樣。

大概是發病過，我也忘了自己應該有的模樣，面對只有我能處理的瘋掉影片，深知刪不完網路上的痕跡和別人腦中的記憶。沒有人能替妳的病說些什麼，不是因為他們冷漠無情，而是他們怎麼可能懂這些年來，妳到底發生了什麼呢。

因此，我決定在他人遲疑困惑前，用力替自己貼上「精神疾病患者」的標籤，在每篇 Instagram 文章談「精神疾病去汙名化」，好像只有這樣，親自創造一個比較舒適的環境，說服自己這一切理所當然，我才能在混沌中常保自在。

一個渾身是病的人出書以後，會對自己有什麼影響呢，其實我也不知道，只能誠惶誠恐地念著：希望是好的，希望是好的。

03 一 吃藥後的兩小時

吃藥後的兩小時藥效發作，妳曾經不信，再喝了兩杯咖啡提神出門，突然眼前全黑，昏倒在樓梯間。妳很幸運還有力氣想誰最可能會接電話，也知道誰可能扛得動妳，他馬上趕到，沒有多問一句，就是扶妳上樓。

吃藥後兩小時藥效發作，妳容易忘記事情，服藥後更時常對某些片段沒有記憶，所以和妳同住過的人，不管他們在屋內哪個角落，當妳吞藥後對空氣大喊「我吃藥了！」他們會異口同聲、面無表情地像是士兵回喊「知道了！」以此做為提醒，避免妳忘記，把吃過的藥再吃一次。

或許是心理諮商的經驗多，妳面對不動聲色的人，總覺得他溫柔。

吃藥後兩小時藥效發作，妳的情人通常知道，因此會替妳計算提前吃藥的時間，好讓兩人一起進入睡眠。

某次，妳憂鬱症發作嚴重，躺在床上幾乎一個月，每天被挖起來至少吃一餐，他逼著妳吃下一口飯，再看著妳吞藥，才讓妳回去躺好。

在妳終於想沖個澡時，藥效發作，眼前黑掉，倒在浴室一動也不動，水也關不了。他把溼淋淋的妳抱到床上，妳閉著眼睛，仍感覺得到他拿毛巾替妳擦乾、穿上內衣褲。妳心想自己是個麻煩的廢人，想至少用言語調侃貶低自己，獲得思想上的安慰，殊不知妳連對他開口說聲抱歉的力氣都沒有，因為藥效不容許，腦袋關機就是命令，由不得妳，愚蠢的身體。

吃藥後兩小時藥效發作，因為焦慮，妳很需要自己抽菸的時間，一些親密的朋友知道，他們有默契地不會在這時候來抱妳親妳，他們或許還知道，妳真正抽菸時是不願意講話的。

吃藥後兩小時藥效發作，妳在發病期間不接工作，也不願意讓客戶看到妳的落魄模樣。這時候妳的朋友時常找各種詭異理由請妳吃飯，即使妳羞愧不願意，他們仍用一種「我等妳好起來，請回來」的態度，讓妳也說服自己，會有這樣的一天，妳可以加倍奉還給這些愛妳的人。

吃藥後兩小時藥效發作，妳的家人知道藥效多強，睡覺幾乎是昏去。但從妳開始服藥的那天起，只要妳有工作，他們一定打電話叫妳，日復一日傳同樣的訊息：「起來了嗎？睡得好嗎？」

每天的問題妳從來不覺得膩，因為每次的提問，妳都感覺到關心，但同時覺得抱歉，自己是這樣一個被處處照顧的角色；妳接受的愛越多，就感到越愧疚，第一是知道妳還不了，再來是知道他們不需要，他們只希望妳把自己過得好。

所以，今年的目標是想當一個控制得了自己病情的人。

經歷換藥與重新適應藥的過程有點痛苦，被藥支配或抵抗的感覺很難受，但想想身邊的人更累更辛苦，他們在連我都認為自己異常時，篤定地看著我說「妳沒毛病」；又在我說自己最近過得舒服點了，笑著拍拍我的肩膀，開心地說「真是太好了」。

今年快過完了，目前與藥和平共處，即使知道少吃思樂康（Seroquel），隔天工作效率會更好，但為了預防血液濃度下降又發作，我每天仍然乖乖吃藥，雖然腦袋動得沒以前快，有時會有點生氣，但想到是自己的選擇，所以心甘情願。

「吃藥後兩小時藥效發作」是今年伴隨我每天的一句話，它像是某種生活固定的規律，讓我提醒自己，倒數兩個小時必須回到家裡，坐在自己的床上，等待不適的來臨。

或許在體驗被藥強迫慢下來時，我感覺到自己身心分離，像是腳尖離開一個平面2D圖層，無論「見山不是山」或是「見山即是山」這兩種心態，都只是想法或情緒，並意外地發現某些情緒（雖然不多）是可以選擇的，做出一個好的選擇也會讓自己有成就感。

快三十歲了，每次和好朋友東聊西聊，都會回到這句：「欸，快樂就好。」

謝謝陪伴我這段日子的好友與家人。希望我也能成為這樣溫暖的人，面對所愛之人時，支持他們做任何能在生活中感到更舒適的決定。在你們懷疑自己的時候，真正地與你們站在一起。

04 一 憂鬱症玩笑

前陣子不好。躁與鬱的輪迴，好想記得該怎麼哭。

由於過於理性地在感受自己的狀態，當我發現自己正處在鬱期，已知的死心，雖常常堅定地對人說那是有自覺的證明，但又常閉著眼睛追問自己，那又怎麼樣呢。

我還是被情緒操控得很不自由。

情緒極高極低的重複，還是常常覺得身體心理不是一體，光是單一個自己就足夠壓迫，何況周遭的刺耳聲只來自安靜的人群。

妳深呼吸，知道自己開始不正常，突然害怕人，也害怕人看妳。

因為已知，曾體驗過鬱期的不適，不會過於恐懼，所以哭不出來。可還是很難受，妳把臉皺在一起，感受自己硬生生地被換了一個腦袋。

因為經歷太多次，妳開始習慣這種痛苦，又因為發現自己竟然能習慣這種痛苦，而哭了起來。

哭的時候，妳痛恨自己不是要這種哭；妳不想要這種知道所有事情會不斷發生再發生的這種哭；妳想要只哭這個難受的當下就好，但妳做不到，因為不只是當下的發作，妳會連同未來與過去的發作，一起感到絕望。妳想著：又來了又來了，怎麼又來了。

難過的是，妳還可以在吞了一口水後，冷靜地知道痛苦的先後順序，最先發作的是身體不適，再讓記憶慢慢流了進來，淹滿妳的腦袋。

原因。大家都追問妳得憂鬱症的原因，妳眼裡的畫面再也不是一個乾淨的黑點，而是墨水在充滿纖維的紙上暈染開來，一絲又一絲，妳肉眼看不清的線延展開來，全部牽連著最初的理由，甚至蓋過了原本的黑點，而他們、他們全都是有機會讓妳再度發作的開口。

妳再怎麼用力爬，都持續地在水平之下，像是永遠游不完的泳，好累好累。

讓妳重複回到原點的是惡魔，只有此時此刻妳相信有地獄，扎實地就在這裡。

這時候妳沒辦法忍受一個常見的憂鬱症玩笑：「真遺憾我沒被精神疾病眷顧到。」

妳心想著多少人的最後一步，大概是那一刻的揶揄，在自我放棄的時刻，像是給妳一個明白的認證：沒有人會救妳。

一瞬間，妳來不及也沒辦法清醒，誤以為整個世界的人都像他一樣，把妳一直以來的努力當成愚昧。

又想，他大概也不知道，妳花了多少力氣才能成為如今他所見妳的模樣。

如果他都不知道，真的以為一切事情都如他所想的那樣輕鬆自在，足以成為一種玩笑，妳個性倔強得想讓他認為，妳跟他一樣撐得過。

接著妳走了很長很長的路回家，這段路特別久、特別累，但妳還是想繼續走，到家時妳面無表情地告訴自己：妳走得到，下次再面對無心的傷害時，妳也要走得到。

很慶幸自己有不服輸的本性，常常在莫名其妙的時刻拯救自己，但同時遺憾著有些生病的人沒有。

希望大家面對身旁有精神疾病的朋友更溫柔一點，有很多玩笑可以開，但可能會對別人落井下石的玩笑建議少開，一生平安。

05 — 沒有別的

我爬上了一個斜坡，放眼望下是近乎完美的城鎮，一旁是海、而側邊是山，房屋的顏色與光澤都像被水洗過的透亮乾淨。嚮導說，這個城鎮最大的悲哀是每個月都會經歷一次海水的淹沒，居民必須習慣大包小包的遷移，雖然麻煩，但住過這裡的人還是願意一次次回來。不防水的物品帶在身上，帶不上的就等回來後再收拾溼掉的殘局。

一次次解決一樣的問題，就是不願離開，因為只有這裡能讓他們心滿意足，為了追求心裡的富足，他們承受著同樣的辛苦而樂此不疲，並意外地發現，這樣一次次的恢復重整，讓他們人生所需的東西變得簡單，但外人認為是貧困。

居民把所需簡化成一條看似極低的水平，卻維持了自己的平衡和快樂，看在其他城鎮人們眼中，這些人是瘋子，浪費了太多生命在逃跑與回到原點。可這裡的居民認為值得，還說服大家他們就是一個這樣的族群，堅毅與執著是一種修行，久而久之，變成了一種令人敬佩的精神。

後來經過調查發現，長久以來，這裡居民的生存是仰賴海水沖刷後留下的鹹度與精準的空氣溼度，他們一直誤以為全是依靠自己的意志與意願，其實根本是不得不。其中多數人直到死亡，都不知道自己的一生被制約了，並不如他們所想的那樣自由。在那份調查文件裡，甚至連城鎮的名字都沒提到，只用了「病人」來形容他們的一切。

夢說了這麼多，好像有什麼意義和道理，但其實結尾和開頭一樣，在客觀的嚮導眼裡，他早說了，這裡就是一場悲劇，沒有別的。

真是好傷心的一個夢。

06 — 多談談死吧

「妳好不容易拿到了一張入場券，為什麼不把遊樂設施玩完？」

有一次，我憂鬱症發作時，這句話讓我印象深刻。記得當下收到某任男友的訊息，他講話一樣沒頭沒尾，但總有那一兩句會讓我的眼睛在螢幕上多停留一會，或是多讀幾遍，或許有些人稱之「為之一亮」，但我認為這種時刻之於我是暗一色階的，用攝影形容，就是加了一檔ND；用狀態形容，就是那一瞬間的自己眼神變得溫柔。從來就樂於告白的我，癟著嘴回他：「想起來為什麼喜歡過你了。」

其實當時他那句話並沒有什麼實際作用，不是什麼能讓你突然變好受的魔法，就是靜靜地放在那，等待著某一天或許能用上。

憂鬱症的感受分為很多種，有一種是躺在床上好幾個月，仍然沒力氣起床；有一種是妳終於坐在床邊了，但出不了門；還有一種是妳喪失了所有理由和動力，無法做任何妳原本感興趣的事，甚至找不到自己非得活著的原因。

這句話大概是要送給最後一種人。

想死的念頭每日浮現腦中，老手應該不會太害怕，就是當有人問妳最期待的事，妳心裡其實在微笑說著「死亡」，很明確地知道那是「希望」，可能還有微微的光。

朋友哭著告訴我，她很害怕自己每天都有想死的念頭。我告訴她，不要害怕，想死跟想活一樣，只是資本主義需要勞工與生產力，不允許死亡大於生命，對我來說，死與生兩種念頭是一樣勇敢。

我並不鼓吹自殺，只是根據我自己的經歷，我認為當有人對你說他想死，勸阻真的沒什麼用。我也想過這件事的原因，應該是因為在情緒敏感的時期，本想選擇讓自己更舒服的方法，卻得到了自私的挽留——或另一種情緒勒索——多數人在聽到「死」的時候，常常會嚇到，因此無法同理眼前這個人的痛苦緣由，同感他的無助與絕望，對「死」這個字抗拒到底，拚命踩住他們可能也搞不清楚的「健康」觀點，好像活著就比較好似的。

有時，我極端地認為，「活下去」根本是一場洗腦。

或許我還活著吧，目前我對憂鬱症最嚴重的認知不是死，是很想活著，但很不舒服。

我也只能試圖安慰這些人，因我無法和已死的人溝通。我想告訴目前還活著的、有如行屍走肉般的憂鬱症患者，不用急著為這樣的狀態感到挫敗，也不要太快責備自己。想死的話，就把人生當成超級瑪莉，每件事都是闖關遊戲，失敗了就當作沒有成本地重玩。

或許妳會發現，那些看似越不珍惜生命的人越在意生命，有明顯的情緒起落，會花時間感受痛苦（就算不是出於自願），不輕易在所謂的停損點收手，邊跌邊爬，邊哭邊走。我始終相信，這種人體驗的快樂也會很有層次。

我曾跟朋友說，夏天是憂鬱症的暑假，我們常在最好的時刻，就開始擔憂未來冬天頻繁發病的日子。

有時，我問自己會不會害怕回去那個時期？

答案是肯定句，我知道反覆的發病會不斷跟隨著我，但很高興自己當下浮上心頭的回應是：「好害怕，但我都走了這麼久，下次回去肯定不一樣吧，就算很難受。」

當成闖關吧，失敗就失敗，想死就死，想多好奇一天自己會被帶到哪裡，就算是痛苦的，也去看看吧。還有，世界這麼爛，多談談死吧，會比談想活健康多了。

07 沒有當下

一分鐘可以是一根快菸的時間，也可以是六〇秒，而一秒之中在影像上最細可以拆成三〇格，六〇格，一二〇格。

時間感在憂鬱症時感受過程很漫長，好像所有和妳說話的人，以完全不同的單位計算這世界。

他算日子，妳算秒數；他談未來，妳觸碰不到現在。這該怎麼趕，怎麼趕得上他，甚至工作，甚至感情。

憂鬱症患者沒有當下，她們是被時間留住的一群人。

她那時眼中所謂正常人，是可以依照環境與說話的對象來調整自己的態度語調、聲音表情，是可以有意識地控制自己的行為與言語；而她有辦法對話的卻只有自己，不寫字她無法獨處。

淚水有什麼作用呢，如果它們洗不掉乏味。

常常一眨完眼，紙上就被她寫出幾句話，她甚至不知道它們從何而來。生理與世界分割開來的感覺，讓她看到兩者之間的聯繫，是多麼容易斷裂。

病拒斥著一切事物，而這錯誤的力量，也忠誠地把欲望統統拿走，全是空的，全是空的。

08 九點三十分

D告訴我，他很想成為憂鬱症患者，想體驗我的體驗。

我笑著回：「你剛剛說你等等要叫車回家睡覺？」

「對啊，累了想睡就睡啊。」

「你知道『想睡就睡』這四個字對憂鬱症患者來說是不可能的任務嗎，我們一天要吞多少藥才能做到你口中那順口帶過的四個字。」

D是我的麻吉，用逗趣的表情表示可惜。

我巴了他的頭說：「你無緣啦。」

故意用了好像自己比較幸運的語氣，但心裡想的是，原來世上真有幸福之人啊，而他們離妳很近，像是D。真羨慕。

失眠是日常，腦袋像總是插著電的果汁機，大聲的攪拌聲宣示著沒有要停下來的意思，即便妳身體力氣耗盡，它不理睬妳，從頭到尾都由不得妳。

醒著，妳他媽的給我醒著，在這所有人開啟新的一天的清晨，就把妳留在昨天，妳是一坨最軟爛的無用生物，連開口都懶，也難怪妳想當作者，拿筆是妳唯一有的力氣。日子沒有開始與結束，妳很少能體驗新的一天，甚至忘記了該怎麼追。

我也好想休息。

吞了一堆藥還是閉不上眼睛的七點五十一分，九點三十分是要回診精神科的時間。

09 魔法

曾經在憂鬱症發作的期間體會過深刻的幻覺，我冷靜地走出房間，告訴媽媽我看到了什麼，雖然口吻平靜，但我心裡其實很恐懼。媽媽大概讀出了我的不安，緩緩地告訴我：「或許J．K．羅琳也真的經歷過魔法世界，但她擔心直接講出來，沒有人會相信她，所以才用小說包裝，寫出了故事。」

她表達得輕鬆自然，意圖讓我感覺「沒什麼」。

天生有點叛逆的我，很常反抗媽媽講話的邏輯，即使是要尋求安慰，我也需要一個好的答案。當時，我覺得媽媽回答真好，她願意相信我所看到、感受到的，甚至同理著連客觀的我自己都會定義的幻覺。這樣的溫柔，在我療傷的過程中一直很有幫助。

網路文章以條列式整理告訴精神疾病患者：「你要有病識感，不然代表你很嚴重。」

看到這種說法，我花了好幾天沉澱內心的不適；人常常用自己的主觀去要求別人的生命，我也曾遇到一些人，告訴我應該把自己的「病」當成「問題」來「想辦法解決」。

記得我當下不太知道該怎麼回答，我認為病是累積，有點像是必然。憂鬱症就是腦袋生病，短時間無法解決，尤其越把它視為與自己無關的問題時，它越發嚴重，因為「它」就是「自己」。

我也發現無論我怎麼回應，表示我想按照自己的速度前進，在這些認為「你需要快速恢復正常狀態」的人面前，都可能會被解釋成「我不想好起來」。但明明，我比誰都希望自己能回到從前。

我認為，面對精神疾病的首要步驟是體會，必須讓自己的身體知道自己的心理正在經歷什麼，不是「不想解決」而是真的需要時間，把地上零零落落的碎片拾起，邊撿邊看自己持續壓抑了什麼，越急只會越慢，心裡的打賞制度很嚴格，大概是：「你要讓自己感知那些承受的重量，才能把縮緊的心再放開一點點。」或許這就是某些人所說的「病識感」吧，但我實在不認為有些感受可以被簡化成三個字這麼簡單。

自從開始書寫憂鬱情緒，我一直認為身為精神疾病患者，沒有什麼事比照顧自己的情緒更重要，在療癒過程中也沒有什麼事是「一定要」。在不傷害他人的前提之下，我也鼓勵身旁很辛苦的朋友，去做任何會讓自己感到比較舒服的事，而這已經是件不容易的事了。

因體會過理性的自負，還有抵達過理性無法到達的世界，真心希望這樣的我，能帶給生病的人多一點溫柔和理解。

10 消失的意義

消失的最大意義可能就是消失本身。

我國小的興趣是蒐集各式各樣奇怪的貼紙，在哪裡看到沒看過的圖案，只要有黏性，就算是貼紙的邊框，根本沒成形狀的線條，我都會把它們特別剪下來，貼在自己又厚又大本的貼紙簿上。像是蒐集情報員的眼睛，每次翻閱都覺得在看自己生命的歷史。

遺憾當時尚未建立「妳所珍視的東西，可能對別人來說什麼都不是」的觀念。在一次班上舉辦匿名的聖誕禮物抽獎活動，我買了一個「標準的」新禮物，再欣喜若狂地把我心目中最高價值的貼紙簿（我所認為的超級無敵大獎）包了進去，並期待拿到禮物的人會有多麼開心。

結果是一個我很喜歡的男同學抽到，印象很深刻，他快速拆開精美的包裝紙，拿出了我的貼紙簿，然後大罵了一聲髒話：「幹！這是什麼爛東西！」

我跟著同學們一起嘲笑他的壞運氣，而男同學的好朋友搶先跑到他身邊，想看得更清楚這東西有多爛。當時我才八歲，因為害羞，也不敢向他承認自己就是貼紙簿的主人。

這個心愛的東西就這樣永遠消失在我的世界裡，而我失去的還有整個宇宙只有我一個人知道它完整的模樣，也只有我清楚明瞭我與它的感情。

曾經和朋友討論到天堂，即使我不相信天堂，還是會想想，天堂真的是一個可以拿回所愛之物、再次見到所愛之人的地方嗎？

如果真的有一點點機率，讓我在未來見到我的貼紙簿，二十年後，我能再次認出它嗎？

連自己都快忘記的事情，會有人幫妳記得嗎？

一定沒有，太慘了，消失就是消失，不見就是不見，沒有別的。

還好，親眼見證心愛的東西變成垃圾有個好處，知道了「向人坦白自己的執著是需要勇氣的」。

當我躁鬱症發病，有一段長期沉溺於自卑情緒的時期，我認為自己徹底失去了尊嚴，但我越是討，就越得不到。

好朋友阿洪總伴我散步，並重複說著：「能在這麼多揶揄妳的人面前完整表達自己的情緒，是很勇敢的，而且妳當時也已經盡力了，不是嗎？」

這句話一直被我惦記在心，確確實實地安慰了我。或許那個連貼紙簿都不敢承認是自己的八歲女孩，不會想到她在二十八歲時，不在乎什麼「高EQ、有智慧的人不會這麼做」的奇怪框架，對於失去的東西會好好發飆一場，認清自己的無能。無論是倒退或前進，在「已經盡力」面前，好像都變得沒那麼重要了。

消失的最大意義可能就是消失本身，但無愧就好，無愧就好。

11 ─ 要記得

要記得出糗。
才不會哭倒在地板的時候，
人們以為妳在扮演小丑。

12 等

躁退了，留下鬱。

才剛高興地向朋友說自己終於不躁了，體內那股與身體節奏不符的靈魂、那顆持續加熱到當機的腦袋終於肯休息了，得到好久不見的平靜，雖知道平靜是短暫的，也知道躁鬱症就是不斷的來來回回，卻沒料到鬱來得這麼急、這麼快。

好痛恨我就這麼一個身體，必須容納非高即低的情緒。感覺到那個認為「車聲有惡意，人群是噁心」的自己，喪失任何興趣的自己回來了。

無行為能力，很久未梳洗，拖著身體不斷吞藥讓自己失去意識，刻意讓睡眠比清醒時間長，就能把現實當作夢境來度過了。

憂鬱，像是被強迫戴上的眼鏡，眼前出不去，身體也隨著情緒困住，無法動彈。

被打亂的計畫，被奪走的所有生活和力氣，導致每次發病，我像是被擰乾的毛巾，什麼都不剩，留下皺巴巴的自己。

雖說是「被」，但情緒著實從我身上長出來，我嚴厲責備的那些，正是我所創造的。每經歷一次自我厭惡的循環，就多加了一些放棄的重量，身體越陷越沉，我懷疑著病到底要帶我去哪，恐懼還有比這更深的地方。

我知道只能等，但內心好急，絞盡腦汁想些方法對付，再想到一次又一次說服自己的哲理：用時間等待時間，原來只是軟性服從的好聽話。

對每次安撫自己的話語失去了耐心，好奇著若哪天這些看似溫柔的言語一一被我戳破了、沒用了、用盡了，屆時該如何得救呢？

而那個有病識感的我，理性地對自己冷眼說道：「那是沒辦法努力的，那是沒辦法努力的。」

這句話從我腦海中響起，對事實的認清帶有寬容的死心，這大概是在憂鬱症世界裡，唯一的真理吧。

出不了門，回不了訊息，排斥關心，抗拒親密，對人疏離。

明知道個個都是病徵之一，又恨又怕，卻次次走在那條被算準、被操控的路上。

一切又要重來了，真的好累哦。

季節變化大，希望你們也多保重。

13 長大

有種迷惘，是發現自身年紀已超越妳因熱愛而反覆觀看的電影角色。妳把自己丟到場景裡與角色對談，開始與他強烈地做比較，看見自己的黯淡無光。為了證明自己是個有情趣的人，悄悄地告訴他，妳週末最喜歡的休閒，是在桌子上放一台音響，杯裡裝不加冰塊的威士忌，邀一位朋友坐在沙發的兩頭，互相交流最近喜歡的歌，用音樂表達無法言語的近況，以及目前甘願沉浸於什麼狀態。承認用音樂來表達自己，比本人的一切更美好。

妳很討厭把話講兩遍的人，尤其是那種以為別人沒有聽到，而他們對自我的覺察度低到沒有發現別人只是覺得無趣，連回應都懶；但他們仍可以沾沾自喜地，再說一次。

妳清楚知道自己厭惡很多行為，卻時常在某刻抽離自己，讓兩個不同年紀的妳相遇，並發現自己身上就是多出了那些妳厭惡的事物。

長大的過程太令人害怕了。她會不會瞧不起現在的妳，甚至連妳經過的模樣都不感興趣；若成為自己人生的旁觀者，妳會不會跳過這無趣的橋段，尋找下一個跌入妳眼睛裡的人。

在生命裡，妳確信著需要有別人存在，自己才成立。很多人要妳愛自己，妳時常對普遍說法感到噁心，在妳的認知裡，多數人支持的論點都要再三考慮。因此妳不會輕易要求親近的朋友要愛自己，如果可以，妳寧願說「讓我來愛你」，接著問自己，妳一直想說的是否就是妳一直想聽的，哦，整件事再度變得無聊透頂。

倒是希望有人教會妳如何不愛自己，自我厭惡但活得開心。

14 重組

發病後，或是說被認為瘋掉的日子，我一直都很希望自己可以把躁鬱症的所有感覺書寫乾淨。

仔細想想，這個儀式的開端其實有些病態，只因曾經在失控時，陌生人將我的行為解讀得很廉價，我為了反抗他們只利用了片段斷言我，拚命地在每次難受時寫字。逼迫自己在心中另外搭建一個只有我才進得去的小房間，在裡面扮演一個輕浮的人格，嘲笑自己和他們，好像這樣才能拉開與網路的距離，我才得以安身立命。彷彿在追求不被任何人理解的那一刻，我才會感到真正的安慰。

當然，這樣的行為把自己搞得更瘋，我像在對自己演戲，演得越逼真，我就越能疏離自我，任由某部分的我腐爛發臭。這些自我分裂到某個時間點會進行重組，情緒會把我丟棄的部分、放棄的部分、逃離的部分一一追回，回到我的本體，但因為形狀詭異、七零八落，整合時就像是被垃圾車的鐵閘門重重輾壓，經歷極度不適的過程，成為一個真實的我。

最無助的時候，應該是徹底發現分裂自己的後果是需要承受比之前更強烈的情緒，那些為了抗壓性而拒絕承認的東西，像是被關在冰冷的偵訊室，在桌上留下確實的證據，寫道：「承認吧，這些都是妳。」唉，真是無情，有時我會驚訝地看著自己發病時寫的東西，和那些刪不完的錄影，還有此時此刻在身上的種種情緒，嘴巴上說要堅強帥氣地包容他們，難，真的好難，但也只能盡力地接受自己。

15 — 聽話

心理醫生要我不要再見他了。
於是，我換了一個心理醫生。

16 暗掉

「可以問妳被╳╳，跟平常的做愛有什麼不同嗎？」

被身邊女性這樣一問，腦袋閃過一片空白。我才知道，原來人對於自己從未發生或體驗過的經驗，足夠誠實的話，他們是可以鼓起勇氣告訴你，他一無所知，而且他沒辦法理解，希望你能給出一個好的解釋。

第一次被這樣問，喝了一口無法讓自己變得更醉的酒，滿腦子只有一個想法，它們像是碎裂成幾千幾萬張紙片，上面寫著相同的四個字「別被傷到」。

妳告訴自己，這些人只是想更了解妳，他們想知道所有細節，發生的經過，好讓自己不質疑妳；他們在乎邏輯，如果妳沒辦法理清思緒說個明白，他們不會相信妳。

也是，如果三言兩語就能改變他們想法，那他們的思想世界也太容易動搖。

我只覺得悲傷，要回答根本不是問題的問題，當然也感到遺憾，原來有人認為這件事需要答案，同時，我還強烈嫉妒著，問了問題的這份單純。

想起自己可以在網路上侃侃而談，現實中千萬別被這題給傷到：要更豁達，妳得更豁達。

我問自己，為什麼要更豁達？

因為世界流行著勇敢嗎？想當女權人士就必須強硬坦白，無所畏懼嗎？

我不要、我不要、我不要告訴你。

不是只有承認和隱忍兩個選項，其實還可以選擇畏縮，走一步算一步。

就像在黑暗裡，別人要替妳點燈，想讓妳看得更清楚，但不了，如果妳還沒準備好，隨時可以讓自己暗掉。就算是公眾人物，妳也可以逃避到底，告訴大家：妳的文字寫不到那裡。

不想被更了解、談到某個地方就喊停、別人一開口問就要他們閉嘴，這樣也可以吧。

原來，看起來這麼簡單又可恨的問題，對我來說這麼難、這麼難回答。

要知道，就算寫出來了，也不能真的代表什麼；坦白後還是很有可能停留在原地，對病情沒有絲毫進展，嗯，這真是糟糕的實話和結尾。

哈。

17 強暴

「你們的想像力容不下一個真的經歷過好幾次強暴的人，還能覺得無所謂，覺得這可以開玩笑。」

脫口秀主持人博恩在表演中談論被強暴的故事，以及他後續的聲明，我過了一段時間才看。刻意拖延的這段時間是為了在心裡密集地做準備，或許是我們這類人在關注與自身類似的議題時，總會特別小心，因為任何媒體使用的新聞標語、內文、態度、立場，一筆一劃都勾動著腦內成千上萬條神經。最不該點開又必定會被妳點開的網友冷嘲熱諷，像一層遮罩蓋住所有妳對疾病理解的自信。

我曾和某任也患有PTSD的男友，在聯合公園（Linkin Park）主唱查斯特（Chester Bennington）自殺的那晚，在各自的房間裡哭了好久。尤其是知道他長大後去尋找那位性侵他的加害者，但後來得知這名加害人也曾是性侵的受害者後，他決定不向對方追究，最後讓自己更加痛苦。

我恐懼把這件事想得更深入，光是字面上對加害者該有的憐憫，都讓我感到噁心又難受。一個人怎麼能對於創傷同時存在兩種相反的立場，饒恕了他人多少，就更難以放過自己受傷的部分，解答就是問題本身，這種人生怎麼活，怎麼走？查斯特離開了五年，我仍然沒有答案。

唯一確定的是自己面對PTSD的方法，永遠不會是該死的放下。

當時的男友看著我對部分酸民的耿耿於懷，問了我：「妳活到現在，有看過身邊哪個妳覺得欣賞且有智慧的人，會去新聞下面評論與攻擊受害者？」

這個提問讓我在每次感到焦慮的時刻，足以分辨哪些是我不該在意的嘲諷，雖然很難不感到灰心，但我想，或許就是因為世上有很多不同的聲音，我也才敢成為一個拿起大聲公訴說自己理念的人。

PTSD一直都是讓我感到極度複雜的心理疾病，最大的因素是它的開始，創傷的源頭來自回憶，而回憶是帶狀式地存在腦袋裡，它的血水會流竄於事情發生前、事情發生後，妳的人生確確實實地被分割成兩段。精神疾病患者失去了大家認知的當下，我們的當下就是過去，所有被時間經過的地方，並不像他人所說的「可以用時間療癒一切」，而是恰好相反，如同誓言般天長地久跟隨妳，妳必須堅定地帶著此事過完這一生。

對於過去，PTSD把已知刻劃得再清晰不過，種種像被燒成DVD，用一台全年插著電的播放器，只要妳醒著的時刻，這些畫面從不停止地重複播放。無論妳當下眼前有什麼驚喜與快樂，它永遠卡死妳腦中的一個空間，與妳所有情緒、甚至與喜悅共存，像是一條掛在脖子上拿不下來的鐵鍊，它的重量時常提醒著妳與自由之間的距離。

妳試過一種簡單的方法，「讓記憶適得其所，不容許它在那裡發生」，丟棄事情發生那一晚的自己，將她想像成與自己無關的別人，妳才能做為一個全新的人。

但後果是妳逃避的每一天都要加倍奉還，妳刻意沒看的那幾分鐘，在夢裡會加速地播放，體驗過的人會像是某種信仰，規定自己把這個噩夢日日帶著，不想再經歷任何一次非自願性的懲罰。

對於未來，PTSD患者面臨的最大恐懼是隨機觸發，如果是性的創傷，存在著強烈的權力與支配關係，插入與被插入、各種無法輕易取得對等的事物，都可能會成為發病的引爆點。這讓我很困擾，尤其是在自我分析日常行為時，往往發現在不適的表面之下，深處藏著壓迫與對性的貶低，原來它們早就無聲流進血液，影響我做任何決定，包含我的話語和行為。

某一刻，有如醍醐灌頂，我才理解醫生說的，失憶是大腦的保護機制，大腦知道我當下無法承受壓力，選擇性地告訴我事實，直到大腦認為我有足夠的能力來面對時，它才會正式宣告全部的真相。

大腦的正式宣告會發生幾次？人生需要發病幾次，需要被打醒幾次？我不知道。我只知道只要還醒著，這場爛戲就會繼續，我也還在等。

時間著實拉長PTSD的傷口，像是一條沒有盡頭的鞭炮，在某處被不明的原因點燃，永遠來不及反應就被炸得全身傷。所以對我來說，最接近光的希望，一直都是死亡。

前陣子看電影《幻之光》，很有感觸。由美子哭著對天空大喊「郁夫為什麼要自殺？」時，我心裡想的畫面是郁夫死前，一個天氣晴朗的下午，他用相當自在安穩的步伐與微笑邁向隧道。這顆鏡頭一直讓我感到很安慰，並不是所有人對死亡的態度都是負面、消極、悲慘的，也有人非常確定比起現在，未知的死亡更好。

那種在未發病時對自我現狀的明瞭，並不是傻，更不是想不開。

雖然我也明白「自殺」兩字對身旁的親友是一種巨大傷害，但當社會上多數人都在集體譴責「輕生」時，我仍想替已選擇死亡的人說些話。無論是否具有充分理由，需要用結束生命來停止病的延展，自殺者對於死亡本身執著的程度，相當於社會大眾追求的積極與熱情，這些都只是個人選擇而已，「想死」與「想活」對我來說是同件事，都是一種值得尊敬的事。

除了死，還有一條路是不想死。

對他人標準中的受害者模樣不屑一顧；那些自己處理不來的情緒就丟到網路上；重新定義所謂不該輕易提起的痛楚；強烈抗拒別人對悲慘的解讀；不再隱忍似乎該隱忍的不幸，而叛逆地選擇大談闊論，挑釁別人的價值觀。

嚴重的事，就不能隨便講、隨口說嗎？

這麼嚴重的事就是輕易發生了不是嗎？

她以嘲諷自己的悲劇來度過人生的難關，她挑選著同樣悽慘的一天，決定用開玩笑的態度告訴妳，她被性侵過，這時妳會對她說「妳不能這樣說，不能這樣想」嗎？

18 — 自信

PTSD的發病期，白天時已經像是卡帶般重複播放記憶，入夜後繼續浸泡著妳的腦袋。

想都別想性高潮。

妳自然且直覺地抓起情人的手，對自己試了幾個方法，妳清楚知道，今天肯定到不了，妳會絕望地再多試幾次。妳只敢微弱地抵抗PTSD，因為害怕面對全然的失敗。最後，妳如常對情人向左邊癟了癟嘴，痛恨地對自己說：「我今天沒辦法到。」

妳死心確認一個再清楚不過的事實：「妳對妳的病，比對自己，還有自信。」

19 — 問候

對憂鬱症患者最溫柔的一句問候：「妳最近睡得好嗎？」
回答的時候，差點哭了出來，像是忍了好久終於有人知道，妳連睡覺都難。

20 過一陣子我再來看看你

其實被診斷出憂鬱、躁鬱及PTSD後，我很少上網搜尋相關資訊，因為我很信任醫生的判斷，還有服藥後客觀的自己當下所有的感知能力。

不想待在別人解釋的框架之下，像是去美術館刻意不聽導覽、不看作品解說，關掉對外的眼耳鼻舌，包含他人的觀看，進入內在探索更深層的意識。

總覺得像在看一場電影，看不同的自己還沉浸在什麼狀態，也很常被自己嚇到，原來過了這麼久，身體裡還藏著這麼多憤怒、恐懼。

忘了還有一種方法是全然的逃避，可惜那從來不是我的性格。

曾經和朋友戲稱，或許對我來說，不舒服的活著就是最舒適的生存方式。

有時候，當我感受到越多負面情緒，便覺得自己越了解那些素未謀面卻身受同樣痛苦的陌生人。

「患者會有週期性的情緒過度高昂與過度低落的症狀，自我膨脹或誇大、睡眠需求降低、談話量變多、思緒跳躍、精力旺盛、無法冷靜下來、性慾亢進、性上癮、無法自制的購物衝動。」

這些是在電腦中輸入「躁鬱症」，查詢到的相關病徵。

也有病友形容躁鬱症的體驗：「上一秒老子天下第一，下一秒我就是個垃圾。」

確實，躁鬱症患者的世界觀在反覆的自卑及自大之中建立，又在面對現實時快速崩塌，並在極短的時間內重建，然後再崩塌，如此循環往復。

躁鬱發病的時期，我完全符合網路上檢測狂躁的測驗，例如毫無意識地睡醒後開始直播，講到嘴乾了就發文，沒用手機的時間都在做愛，一個月花了快三十萬元，差點被姐姐沒收信用卡。

社群軟體對我來說完全是假象，我毫無節制地每秒發文是一種反抗，反抗大家把虛擬身分跟真實身分融為一體，反抗我的文字被曲解成另一種意思，反抗為什麼一直表達會被認為是一種發狂。因此我在網路上任人宰割，而我在螢幕後也繼續分化我自己。

或許這樣展現出來的混亂，才足以比擬我的腦袋，彷彿快速翻閱與被翻閱的書，眼花撩亂，痛苦卻停不下來，我渴望被了解，也渴望了解自己。

當語言被濫用時，我開始覺得自己像是突然被沒收了語言能力，所以我嘶吼狂嚎，只求有人聽到一點點我認為自己不該承受卻得容忍一輩子的創傷，直到身心耗竭，才願意入睡。

之前我一直不敢直視，很抗拒藥袋上的藥物名稱——「治療精神分裂之藥物」。如今突然釋懷，發覺自己的行為、人格甚至文風都分裂成三種狀態，躁的自己，鬱的自己，以及腦袋被PTSD卡住的自己。

不確定是否應該因為更認識自己而感到欣慰，還是要恐懼這三種狀態在未來的某個日子再度發病，但只要想到身邊的朋友家人，在我各種狀態時仍愛著我，還有那麼多陌生人傳來的關心訊息，總覺得世界好像沒那麼討厭了。

我還是認為處在這個資訊量爆炸的時代，我們的思想受到太多牽引、也被灌輸太複雜的觀念，或許都要經歷一場劇烈的自我毀滅，以及重新建立世界觀的蛻變。

這個改變讓你終於知道，自己想成為什麼樣的人、自己原來是什麼樣的人；然而這個轉變會讓很多人不滿意你、討厭你、或覺得這根本不是你，但我們本來就不應該成為別人要你成為的樣子呀。

如果你或身邊的人正在經歷這些被稱為瘋狂的行徑，除了要確保不會傷害自己或別人，我也要恭喜你，拿到了一把萬用鑰匙，悄悄打開所有被自己鎖住的門，看看裡面藏了什麼連你都無法描繪的怪物。和怪物們痛快地聊聊那些不符合社會標準的思想，吃完藥，再小心翼翼地把門關上，說聲「辛苦了，躲了這麼久，過一陣子我會再來看看你」。

21 監獄

社會對於「正常」的定義非常狹隘，將「正常」打造成窄小的牢籠，硬是把每個人都先關了進去，教導他掩蓋真實的自我，強迫他成為「正常」的模樣。如果不順從，社會還有另一個噁心的監獄，叫做「精神病院」。

22 判令

到底是為了什麼撐下去？

有什麼資格教我怎麼感受？

憑什麼告訴我該怎麼活？

只要這三句話在腦海中響起，「溫柔」成為士兵尖銳刀刃，「建議」全是殘酷判令，硬是把倒在路旁的斑駁屍體暴力拉起，蠻橫踩著發紫的腳掌要她站挺，拉長耳朵，苛刻嚴厲大聲喊：「起來，妳才沒那麼幸運可以隨意離開這裡。」

23 — 悲劇電影

她坐在前座，著迷於車子疾駛的速度感，把車窗搖下，像孩子般將頭好奇地探出去，一覽被擋住的天空，銳利的風總讓她覺得過癮。出遊的心情是準備把發病頹喪的日子連本帶利地玩回來，這是她對愉悅的企圖心，她要自己開心地命令。

她通常把目光聚焦在一個點，讓四周變成景深，她眼中的畫面是連續的山山水水，前看後看總沒有什麼差別，但放空一瞥，風景又有細緻的變化。她享受車子用非人類的速度奔跑，好似凌駕時間，在古老泛黃的地圖上奔馳，或許因為這是一種對環境條件的反抗，她很喜歡。

一眨眼，眼前的風景成了連環車禍，一個個變形的死人，鮮血、手臂和頭顱，她所乘坐的車子繼續開，開了一會兒，畫面變回原本的山水，好似一切沒發生過。

「就算是很親近的朋友，這種事也像看悲劇電影一樣，觀賞時被深深感動，覺得痛心不已，但到達一個極限後，你就讓電影停格在那裡，置身事外，然後散場回家。」

腦袋響起了這段話，她感到慚愧。扎扎實實地觀看了一場悲劇，卻繼續坐在快速直行的車子裡，時間急著把她向前推進，不讓她多做任何虛偽的停留。

我很遺憾不能實質參與你的悲傷。

24 都是她

她總是設法從困境中找到平衡，只不過這一次，她就是困境。

像被電梯送到情緒最底層，任他們蹂躪糟蹋，感知相同的情節，好似罪犯被綑綁手腳，遭到嚴刑拷打，逼迫回想更微小的細節，直到供出他們要的所有答案。

當他們把她玩膩了，折磨得無聊了，就偷個閒抽根菸，把她送上樓。

一旦她開口向別人談起，一切就全部消失了，那些在電梯底層掌握的種種技巧也消失了，不管累積多少經驗值，全被歸零得乾淨。

她們的生命就是得這樣一次次不厭其煩地被電梯帶下樓，PTSD就是一再重複經歷那些經歷過的，精確逼真，一成不變。

她們、他們和她，都是她；她需要為自己所有感受命名，才聽得懂身體裡頭賣力尖叫壓在紙背上的意思。

25 陌生攻擊

意外發現一個陌生粉專一篇篇複製貼上了我躁症發作時的文章，並在文章的結尾調侃我生病的事，這些惡意像是走在路上被一個陌生人硬是拍了肩膀，在我耳邊講了一句爛話後，他笑著離開。

面對嘲笑我的酸民，我好幾天沒睡，不斷回覆他們的攻擊，卻沒有辦法講清楚自己PTSD的原因。除了因為那是我的隱私，我也沒有把握說出來之後能否承受任何一點回應，那對我來說，太沉重了。

故事沒有開頭，好像很難真的向他人說明清楚。而只有自己知道開頭，其實也讓我很孤單。只能用「我生病了」概括統稱，要所有人接受，幾乎是不可能。

翻著之前網友的惡意留言，好想告訴他們，不要說你討厭我了，我也討厭我自己。

這也是我第一次開始在乎別人眼光，是因感受到自己跟他們想的或許一樣：我放棄了自己的同時，也被好多人放棄。

我也想加入那些看我笑話的人，想靠攏著大多數人，和他們喝喝啤酒、搭著肩聊聊自己，因有時我覺得我理解他們對我的異樣眼光，比我理解自己還多。

從討厭自己的人身上找回記憶，拼湊出我發病的模樣，我居然有幾分覺得他罵得好，讀懂他恨我的那些邏輯，我不知道自己到底是誰，為什麼寫什麼都可以勾起他憤怒的那條神經，我只能解讀，他可能也有病，所以我應該慷慨包容。

可我是活生生的人，不是貼在冰箱上永遠微笑的2D貼紙，我所能承受的有限，而現在是更少了。

我在想，如果我沒有生病，我到底會不會同理那些我認為「精神異常」的人，其實我也真的不知道，只覺得或許我們真的要走過那些悲傷，才會理解那些悲傷。或是有時則覺得自己太自私霸道了，強求每個人要「尊重」、「接受」所有精神疾病患者，這樣的我，會不會也是另一種壓迫？

平常我為了假裝堅強，在心理建設出一些最慘的可能性，等到發生了我再去解決它，而解決自己身上的悲劇需要一些能量存糧，如今存糧用完了，我感到焦急而空蕩。

26 — 沒得選擇

「人們總是以為一個作者可以選擇自己的書寫主題，但其實並沒有。」眼皮瞬間沉了下來，才意識到她被這句太寫實的話傷了。

她之所以書寫性暴力、強暴、精神疾病，不為了什麼，而是她沒有選擇。

她大部分的時間都被藥物填得毫無知覺；忘記快樂，忘記眼前炙熱的情人，忘記偉大的親情，忘記時間也忘記友情；只記得重播自己的混沌痛苦。

世界上所有明亮鮮豔的美好記憶，親密的情感全都消失了。

為了不讓自己消失，她只得把情緒搜索枯腸地書寫出來，好似藉由這些零星模糊的線索，她才會看見自己確實存在，而她是為了這個感覺得以存活下來的。

她沒有任何選擇，她沒得選擇。

27 他們憑什麼

他們憑什麼提病識感，如果他們根本不知道那是怎麼一回事。腦袋裡發出的聲響，把世上其他噪音全蓋住了。腦袋攪成一團漿糊，眼前所有事物都被揉了進去，全是陌生，全是惡意。

她好想跟那些能輕易提起病識感的人們一樣，那分悠閒、那分灑脫、那分疏離，源於對自己的熟悉，而談論得輕鬆自然。

原來她只是想要那分自在。可是發病時她根本連自己都不認識，還提什麼病識感。

28 — 理念

高中的時候失戀，剩下的唯一興趣就是聽吳念真導演所有網路上找得到的演講，睡前聽、睡醒也聽，最後因為聽到太多重複的分享，我感到失望。

當時年紀還小，但這失望我記著好久，給自己謹記在心有點變態的規則是，我不想講重複的東西太多次，向朋友家人講個三次以上我喜歡的東西，就開始對自己沒信心；很害怕成為那種一找到對事情的見解後，就一說再說的人，也就是「說不膩」的徹底相反。

過去，我也會用耳朵很嚴厲地聽，聽這個人和我聊天的態度是不是好像說了數次以上的流利，如果我感覺到了、或是剛好被我發現了，我就不感興趣。

我喜歡「新鮮」的交流，喜歡提出一件事情討論時，別人因你的問題、他新發現的答案，那種有點激動發抖的態度，我喜歡聽那些「沒被說過的話」，或是當那個「第一次聽你講這句話」的人。

一直以來，我都是這樣尋找我的夥伴、情人、朋友，直到我真正開始為了推動「精神疾病去汙名化」而在社群軟體上發表比較長的文章，我才領悟到高中時期偶像吳念真一說再說的道理。

我當然無法記得所有他說的話，但因為他提過數次覺得自己是「連故鄉都沒有的人」，這樣獨特的鄉愁成為他的遺憾，也成為了我過十幾年後的記憶點，他很多談吐和作品的延伸都來自於那個只能口述的童年。

我很感謝他讓我突然理解，對自己講過的話一說再說，這就是我的理念。之後，我極端地改變行為，如果我沒辦法控制別人從哪篇文章開始認識我，那我就要不斷地重複我所支持的想法。

在這個時代說文字會留下什麼，其實我不太相信，有這麼多好玩的迷因圖、搞笑影片，隨便一滑就過了，有時就算有留心，一失神我也找不回剛剛看過的貼文。

我認為自己在出書以前很難存在於別人的記憶裡，關於「精神疾病去汙名化」

的所有文章，是我想留下的經歷，也是那些書寫當下的我找不到且匱乏的。

面對那兩個被我弄壞、因為躁鬱症發作的貼文趕走一堆人、如今沒剩多少人在看的臉書粉專，一樣的文章我一定重複貼兩遍，在「我就是極品」貼圖片與文字，在「April 懶得說話」只貼文字，每天得到的負面回饋當然也是重複，重複，重複。

這樣的重複率，換來必然的粉絲數減少與負面回饋，我在幹什麼？

自知所剩的力氣有限，如果我沒辦法寫出觸及率高的文章，我至少要刷一個瘋狂，我幻想著粉絲們在不堪其擾，準備要取消追蹤我的同時，不小心知道了這個女人正在幹什麼事。

如果我夠幸運，他們會看見一個 Hashtag「精神疾病去汙名化」，如果未來他有家人或朋友深受精神疾病之苦，我很想讓他們知道，不用嚇到，這些病徵都是理所當然。

這一篇文章是決心，我會一直一直把「精神疾病去汙名化」拿出來講，講到煩，講到爛，講到像是海倫仙度絲拍很多支「頭皮屑」廣告後，大家覺得「頭皮屑」沒什麼。

決心來自於，希望未來有人在談話中談到他有憂鬱症、躁鬱症、PTSD時，下一句話不會再是沉默，這是我的理想和遺憾，因為我曾是那個沉默與被沉默的角色。

決心更來自於，我接到了一通文化局的電話：「洪小姐您好，我們主管看完了妳的企劃書，我們想把妳歸類在弱勢團體。」

29 參考

不好意思打擾了，希望這封訊息不會讓您覺得唐突。其實是因為工作上和您有密切往來，不想造成您的困擾，想特別跟您說明我這幾天的工作狀態。

我本身有憂鬱症很長一段時間了，一直都有用藥物穩定控制，但這幾天突然嚴重發病了，很不舒服，走每段路都是用撐的。請原諒我這幾天沒有能力處理工作的訊息，我對此也相當自責。

我很盡力在讓自己正常起來，也已回診調藥，但適應藥物需要一點時間，請再給我一些時間，願您能理解我也同樣心急，對不起，拜託了。

這是我幫憂鬱症朋友寫給主管，發病時無法工作的道歉訊息。寫在這裡，提供給有需要的人參考。

30 | Analyst

今日回診，跟櫃台說我要掛號精神科，志工阿姨微笑告訴我，我們可以稱為「身心科」，我笑著說「謝啦」，但其實我一點也不在意什麼名詞比較政治正確。認清自己某些事後，反而對於字面上的意義沒這麼執著，但我卻非常喜歡電影《賢伉儷》（*Husbands and Wives*）裡面稱心理醫生為「analyst」（精神分析師），某種層面讓我覺得這是珍惜、在意自己身心靈的證明。

我告訴醫生我仍有些記憶遺失，怎麼也找不回來。她說這是正常的，躁鬱症發作時，會有大量資訊經過腦袋，像翻很快的書，沒辦法記得所有事，只會留下零碎的記憶，需要靠身邊親友替我記得。

醫生說其實躁鬱症發作前會有些徵狀，每個人不一樣，但大多是行為異常轉變。醫生說她有位「病人」，接著又改口不是病人，說是位「患者」。

她是位家庭主婦，當她開始把家裡打掃得一塵不染，每天洗很多次衣服，她的家人就知道她躁鬱症快發作了。但以上的故事，醫生還是用「病人」來稱呼。

真有趣，很多時候是腦袋控制言語，但有時候言語卻騙不了腦袋，總是以為自己說錯話，其實是說溜嘴。

我的醫生溫柔、聰明且充滿智慧。與她交談令我感到自在，完全不會因為她用了什麼字眼形容誰，而改變我對她的看法。

我整理房間時，看到自己以前吃的藥劑量是五〇毫克，現在是二〇〇毫克，所以擔心地問醫生我是不是吃太重了。

醫生告訴我，躁鬱症的藥很是有趣，並非一般人所想的劑量多寡與效果呈正比，相反的，有些藥物是劑量少時，讓妳提高情緒；劑量多時，卻是幫助妳的情緒下降。

我的腦中出現了一張圖表，她所講的全部化為線條，一幅美麗的斷層圖，腦中的視覺令我相當滿足。

回工作室，我向V說，這真是趟快樂的看病旅程，我學到了很多。尤其讀完《阿德勒個體心理學》（*The Individual Psychology of Alfred Adler*），加上醫生一次次極為耐心的解釋後，覺得自己果然就只是個普通人類，活在各式各樣的理論裡，「典型的雙相情緒障礙」、「過度補償作用」等，對於自己的每個行為都能夠被解釋，我感到平凡又安慰。

31 或許吧

《漫步華爾街》（*A Random Walk Down Wall Street*）中提到：「心理學家早已指出，人們往往會被某個錯覺所愚弄，誤以為自己對某些情況有一點掌控能力，但事實上他們根本無法掌握狀況。」

在一項實驗中，受試者被安排坐在電腦前，電腦螢幕上有一條水平線將畫面分為兩部分，有一顆球在水平線上下隨機波動。受試者會拿到一個控制器，研究人員告訴受試者，只要按下控制器的按鈕，就可以讓球往上移，受試者的任務是盡可能把球控制在螢幕的上半部。

不過，研究人員也警告他們，球的走向會受到一些隨機出現的衝擊所干擾，所以他們並沒有完全的控制權。

實際上，控制器根本沒有連接螢幕，受試者絕對不可能控制球的動向。

然而，在這段時間把持控制器的受試者後來接受訪問時，他們都相信自己對於球的移動具有很大的掌控力。而在受試者當中，唯一不會出現這種錯覺的人是重鬱症患者。

真是有趣，相信自己無法掌控任何事，竟是一種優勢。這也讓我想起斯洛維尼亞哲學家齊澤克（Slavoj Žižek）的著作《事件》（*Event*）裡的一段話：

「我們看到了憂鬱者的策略——面對那些我們從未擁有或一開始就已失去的東西，唯一占有它的方式，就是將那些我們仍然完全擁有的東西，看作已經失去之物。」

或許憂鬱症患者的天賦是將一切視為已失去之物，而我們是被創造出來感受真實的一群人。

32
病說

盡妳所能地跑遠點吧，
扣下扳機就是喪鐘鳴起，
跑再遠，
最後我還是能用一把爛槍瞄準妳。

33｜Time will tell

不知道是不是因為二〇二〇年生了場大病，本來很急躁的我，親自體會了「別急，時間會說話」的含義。

身為多重情緒障礙患者的我，本來就會替每天的心情打分數，發病之後，我開始更重視對每件事的「快樂意願」。

我問自己：「是不是大家都做了這件事，所以我才想做？」「是不是大家都做了，所以我覺得我也得做？」「我真的有想讓大家知道我在幹什麼嗎？」

說來悲傷，因為這代表我很需要照顧自己的心，小心翼翼，好怕再跌倒一次。

不急著在跨年發文，因為沒有跟上大家的心情，時間過了也覺得很好。也許「時間」對我來說，成為了一個概念，不是年月日，而是療癒疾病的某種藥物，好像什麼事情加上了一點時間，總是可以產生不同的樣貌，我很著迷於觀看這些變化。

我很確定，無論用什麼形式，都要把發病時的一切紀錄下來，錄音、錄影、書寫，我不停在發病時陌生的自己身上尋找答案。

終於，在最近一次進入長期睡眠後，發現自己仍在鬱期的谷底（通常睡眠對憂鬱症患者是種短期的解藥）。那幾天我服用完所有補充藥物，狀態依然沒有絲毫好轉，難受到連我所剩的書寫都做不到，一個字都擠不出來，彷彿被沒收了我對世界僅有的熱情。

腦中竄出了曾看過有作者憂鬱症發作時變得不識字，我當時還覺得太浮誇，直到同樣的感受重重砸在自己身上。我趴在床上崩潰著、發抖著，害怕到哭著錄影時，才親耳聽到自己說了出口：「我很想好。」

原來我真的很想好，看著自己從一個細微的差別走向另一個細微的差別，每一刻增加對於自我新的理解，就算是血淋淋地承認最卑劣、最真實的自己，我都不想忘記每次追求「讓心理更舒適」的理由。

發病後，我接著寫自己的日記，時而停下來看看腳底，有沒有踩著我無法理解的情緒，我拚命想辦法解讀情緒時，被一句話打醒：「會發生的事都是正常的呀。」

有點像是我做過的VR作品，大部分的觀眾都說他們對於故事感到斷裂，身為導演的我當時花了很多時間說服觀眾、合理化所有情節，但現在終於可以很勇敢地說：「對，那就是我的思緒。」

一個生病的人推動「精神疾病去汙名化」並不容易，但也幸好，我有生病，我才能完整地了解某些事、肯定某些事。

二〇二〇年，我失去好多，好不甘心，尤其年末看著社群上朋友們的笑容，都狠狠提醒了我，自己曾經因為發病失控而被嘲笑。幸運的是，我多了一些很關心我心理狀態的讀者，他們甚至會不定期密我，要我好好活。

我帶著父親在我快撐不下去時對我說的「我不擔心妳，因為我相信妳可以」；帶著母親沒有一篇遺漏地在我發病時每篇貼文下的鼓勵留言；接受一些原本欣賞我的人離開，帶著還留下來的朋友的愛，繼續走下去。

二〇二一年，可以的吧。

#練習社交問答集①——關於治療

發病以來，我很常在社群上收到關於疾病、情緒問題的私訊，其實一開始我是很有壓力的。一方面，我是很容易被別人的情緒影響的類型，知道自己讀了這類訊息後，會有一段時間被丟回憂鬱、躁鬱的狀態去思考與觀看事件，處處被提醒自己的病，變得焦慮、防備、極端，這種被推入的感覺在許多時候都是很不舒服的。

另一方面，我會在自己與手機螢幕之間看見嘲諷。晚上要吃多少藥、喝多少酒，再喝多少咖啡、抽多少菸，才能暫時忘記焦躁的一個女人，卻正在被他人請教自己所擁有的問題。

大多數時候，我認為自己沒有資格給任何建議，隨意影響別人脆弱時候的決定。

綜合以上，以前有很多封網友的訊息，我都沒有回。

最近，終於覺得自己準備好回答大家的問題了。我想，若敵視此事，代表我連對自己都還沒有寬心（那還要去什麼汙名化呢？）；若成功安慰到自己，代表我開始擁有自救的能力。其實我也不知道什麼時候會再度被丟回無助的發病狀態，但至少到那時候，可以緊緊抱著這些清醒時刻寫下的回答，聽見曾經高談闊論的自己。

無論如何，這份問答紀錄都能讓我快速瀏覽別人和自己的情緒與思考，在尚未有任何立場前有一套說法去衡量類似的架構，再利用認同與否或是更細微的差別去建立自己情緒上的價值觀王國，我很享受俯視蓋城堡的過程，可以清楚看見哪些路還不能走，哪些話還無法回。

因此，我在社群上展開一年一度的「問問題日」，練習社交，有問必答。在此精選我與網友間的問答交流，整理收錄於這本書中，並分為三篇，希望可以幫助到你。

※提問皆蒐集並改寫自網友對作者的提問。Q表示網友提問，A為作者回覆。

Q 要怎麼開始產生病識感，認知到焦慮本身呢？

A 我相信每個人的觀察都不一樣，我自己是分為視覺和聽覺。

視覺方面，我平常對光影感到很平靜，但焦慮的時候，我看光影會有跳格、跳針、壓迫的感覺。

聽覺方面，我是平常醒著時都塞著耳機聽音樂的人，在焦慮時會感到音樂帶來的資訊量很重。

我認為病識感需要多次經驗的累積，當發作次數達到一個程度，就能夠粗略分類你在憂鬱、焦慮、躁鬱時真的無法做某些事，可能光是視覺和聽覺就負擔很重。這時的不舒服通常是預告心理狀態的不適應，我自己是如果能在收到預告時就趕快遠離人群，就可以避免承受更痛苦的狀態。

還有一個很好的方法是仰賴熟悉你的朋友提醒。

我很幸運，拍片時結交一群夥伴，當他們感覺到我狀態不好在硬撐時，會提醒我看起來跟平常不一樣，會幫我買菸，給我時間，要我去抽幾根菸再回來拍，因為他們知道那幾根菸對我來說很重要。

#

Q 我是重鬱症，有時心情失控就會亂吃藥，還會趁心情好的時候少吃一點，留給心情不好的自己吃。我覺得自己越來越依賴藥物，請問 April 治療期間有減少藥量過嗎？

A 有調整過幾次藥物，但吃的藥量沒有比較少，主要本來是憂鬱症轉躁鬱症時，只知道自己非常不對勁，當時一天吞了過量的「替你憂」後，直接爆掉失憶，做了很多無法控制的事情，被家人拖去回診，姐姐衝來工作室把我所有的「替你憂」丟掉，才知道躁期的藥跟鬱期的藥完全不一樣。

如果長期有在服用替你憂的朋友，都知道替你憂是讓對世界完全沒有興趣的你，提起一點勁，讓你比較嗨。但如果情緒轉為躁鬱，就不能再吃替你憂，要趕快回診，替換讓你比較平靜的藥物。

我個人是對「贊安諾」有很嚴重的戒斷，可以睡得很好、不做惡夢，但沒吃就會一直哭，有強烈的差異感，很像清醒時要不斷還債，所以當時慢慢減量，從吃一顆到四分之一顆，現在完全不吃。除非不得不出席活動，有社交恐懼時吃半顆，喝酒絕對不能配贊安諾，會吐到死。

因為我是雙相情緒障礙症，是一種情緒起伏過當的疾病，所以藥物是用來穩定情緒，副作用是我不會過度開心也不會過度傷心，維持在一個偏向冷漠抽離的視角。醫生基本上會強烈建議不能私自停藥，但我的經驗是一天沒吃還好，兩天沒吃，血液中的濃度才會有大幅的改變，所以我有時候想要喝酒放鬆，會讓自己放假一天，不吃藥感受快樂，但第二天我一定會準時服藥。

「帝八顛」只能晚上吃，白天吃會有昏昏沉沉的宿醉感，反應會變慢。

如果我要熬夜，則不吃「思樂康」（有詢問過醫生建議），思樂康對我的作用會長達八小時以上，基本上都要晚上十點前服用，不然隔天會無法起床。

我自己服藥是以求情緒穩定為主，把精神疾病當慢性疾病，也問過醫生，情緒藥物對身體上的負擔其實不重。我不覺得依賴藥物有什麼問題，覺得有問題的是那些認為「吃精神科藥物不好」的人，這大概就是精神疾病被汙名化很大的成分。

當然，如果你漸漸好轉，不用服藥就可以感到舒服，那再好不過了。但在那之前，我認為人生不必活得這麼苦，一如感冒不舒服就是要吃藥，如果醫生建議的藥物讓你比較舒適，就依照劑量服用。不要用過量的藥物傷害自己。

如果無法靠自己調節生活狀態，我個人支持藥物控制，在醫生的建議下，找到適合你的藥物，再用時間去慢慢適應所有的副作用，所有事情都有副作用，所以不用對依賴精神藥物感到慌張焦慮，不用自尋煩惱，先解決當下的情緒問題，等到穩定了，有時間嘗試調藥，再慢慢改變。

#

Q 想問你發病時，除了吃藥、抽菸、喝酒，還有什麼方法可以舒緩？

A 這題好難，因為「吃藥、抽菸、喝酒」六個字概括我所有的生活，哈哈。

我如果一早發現自己情緒低落，明顯進入憂鬱狀態，我會直衝冰箱、幹掉一支曠世奇派，補充超爆甜的東西可以短暫刺激腦部。雖然這樣的早餐很不健康，常嚇壞室友，但我覺得可以快速轉換狀態，心情會好一點，但拯救的感覺很短暫，會以胃痛結束那天。

第二章／愛是邪教

「人們透過各種方式和途徑企圖沖淡、扼制、抹煞、貶低愛情，這些我都聽進去了，仍不肯罷休。我明白，我都明白，但我還是要。」

——羅蘭・巴特（Roland Barthes），
《戀人絮語》（*Fragments d'un discours amoureux*）作者

34
人終究是人

「The heart is not like a box that gets filled up. It expands in size for more new love.」（人心不像紙箱，會逐漸被填滿，如果你愛得更多，心的容量也會因此增大。）

過了八年，重看電影《雲端情人》（*Her*），還是深深被這句話吸引，彷彿前面的劇情都在等待，等待著電腦再次播出那句曾影響妳的台詞。

從小就質疑一夫一妻制的我，一直很抗拒忠誠需要被記得這種限制，長大後遇到很喜歡的人，也會嘗試和男友溝通：「我可以有兩個男朋友嗎？如果我能同時照顧到你們。」當然，很常被駁回。

讀過《道德浪女》（*The Ethical Slut*），雖然不想被「開放式關係」這個名詞定義，也不太同意此書後段感覺在教讀者壓抑自己的嫉妒心，但自己的某些感情確實符合書中談論的一些類型。

身邊有人信仰宗教，有人信仰靈性，有人信仰萬物，想想我真的不特別相信什麼。但如果說是信仰愛情，或許是最接近我的答案。

大概因為自己是決定論者，過往稱得上愛情的戀情從來沒有慢慢培養的，通常都是見到第一眼就知道：我會和這個人發生一些美好的事情。我一直覺得這件事很浪漫。

曾有一次失戀後特別感傷，和朋友一起看完電影，睡前想了一下，認真地問他：「如果作業系統可以做到百分之百地愛六百二十一個人，而且愛一個人完全不會損耗或減少對另一個人的愛，任何人都沒有損失，為什麼人們無法接受？」

「因為我們是人吧。」朋友回答。

「那人類所認定的愛情會不會只是我們渴望成為特別的存在，之所以維持關係也只是為了滿足彼此的需求。」

「可能吧，可能妳之前把愛情想得太崇高了。」

總覺得，如果把失戀都解釋成「暫時沒有辦法被滿足的需求」，就不會這麼難過了。

而或許「特別的存在」根本不存在，因為那只是渴望被實現的結果，一對一的感情是想被關注的虛榮，這麼看來，怎樣都覺得《雲端情人》的男主角西奧多沒資格生氣。

但重新看了一次《雲端情人》，我現階段的解讀是，雖然莎曼珊的愛情觀很偉大、很理想，人終究是人，時間和體力皆有限，因此不用勉強自己有無限的愛、或是包容更多愛。承認自己就是會嫉妒、會小心眼，像西奧多一樣哭著在樓梯上質問莎曼珊，這樣也沒什麼不好。

很開心對紙箱這段話有新的體認，也很高興自己是那種很喜歡的電影一定會再看一次的人，有被小小拯救的感覺。

35 不追

為了照顧自己的情緒，最近在學習適時地讓人失望。

自知勉強來的完美撐不久，所以在情感產生裂縫的某刻，我選擇不當熱心搶救的角色，而是冷漠地告訴對方：抱歉我辦不到。

跳到旁觀者的位置觀看自己的決定，極度理性地處理感情、瀟灑分析，不再有交集對我們兩個神經病都好。卻在某個清醒的早晨發現，不和他見面，妳活得更沮喪。

某段時間我談戀愛的目標是分手，因為分手讓我感受到生命的推進。

而這次我明明知道自己可以被推進到更好更舒適的狀態，卻想要留下，留在這個寂寞無望的位置，只因為這裡有他。

那天吹著海風想著，一直以來我都知道自己的文字比思想還寬容，這些梳理過邏輯的結論，總是比自己直覺的腦袋，高了好大一截。常常看著自己寫過的文章，用一種低冷嘲笑的語氣向朋友說：「你知道嗎？這些話我根本做不到。」

需要追嗎？

我們的思想需要追上自己的文字嗎？

還是可以好好承認，永遠可以有兩個自己，真實與理想的兩個自己，而她們各自的需求，都需要被好好地滿足。

該受的傷就讓它受傷，還要為對方表演一段理性優雅乾脆的小姐後，我才會心甘情願地大方走進下一段關係。

真是難搞。

36 菸

1. 妳為了他開始捲菸，只因他家附近有菸草店，好讓妳有個理由可能遇見他。

2. 妳喜歡看自己欣賞的人抽什麼菸，並事後買一包，感覺一下他喜歡什麼味道——通常不會讓妳太失望。

37 — 愛是什麼

某個喝酒的夜晚，已婚的朋友喝下一口酒，傻傻對空氣問了一句：「愛到底是什麼？」

我低頭笑了，想起這個幾乎每年都會自問定義的問題，真有趣，從小熱愛解構愛情的我，花了很多時間抽絲剝繭，想找出其中的真理。以前，似乎還可以充滿自信地像是網路上的心靈雞湯，篤定且輕鬆宣告愛是體貼理解的別名，但現在的自己卻覺得一切都好令人懷疑。

二十四歲時，我憧憬英國藝術評論家約翰・伯格（John Berger）對於情人的描繪：「戀人的目光是一切，再多言語和擁抱，都比不上戀人的凝視。」

二十五歲時，讀了《夜間飛行》（*Vol de Nuit*）作者聖－修伯里（Antoine de Saint-Exupéry）所說的：「愛絕不是互相凝視，而是往相同的方向凝視。」透過他人的詮釋，我才理解戀與愛的目光差距，原來是這樣遠。

最近，時常想起某任前男友，他陪伴我交不出劇本的浮躁撞牆時期。早上閉著眼睛，習慣聽到他著裝的聲音，耳邊那聲「出門」，伴隨著告別的吻。通常我睡到中午，走到書桌前便會看到他替我準備的一枝筆、一疊紙、灌好油的電子菸，還有替我洗乾淨的眼鏡。在我重感冒的半夜，起身想洗澡，他會先用棉被把我從頭到腳包好、要我別動，接著他光著身體走進浴室，直到他喊我，走進浴室我才發現他是替我溫冬天的水，好讓我能從頭到尾沖個熱水澡。

那時候的我還是不知道愛是什麼，也不想擔上我尚未完全理解的重量，過了四年從沒說過愛他，甚至相處了一年還是不想確認關係，但他卻覺得沒差。大概是從他身上我才模糊地理解，愛可以是單方面的瘋狂與化學變化，就算兩個人互相喜歡的程度不一樣，只要雙方形成一種平衡，就算在外人看來是痛苦的、極端的、病態的，只要自己與對方能夠接受，一切都成立。

到了二十九歲，聽到朋友認為愛是快樂，她認為沒有人會討厭快樂、抗拒快樂，所以如果她感覺到快樂，她就感覺到愛。

而另一位朋友認為愛是像家人般的平淡，面對毫無性生活的男友，她一點埋怨都沒有，反而覺得越接近像親人那種似有若無的頻率相處，她越覺得安心。

聽完這兩種敘述後，我既欣喜又羨慕，我對愛的定義好像還停留在與前任相處時在我腦中被詩意化的對白，留心於一夜半刻的溫水。原來就算過了這麼多年，中間擁有過這麼多男友和約會，那樣觸動的場景始終都是我對愛情的最高定義，我發現自己這些年不斷想重現那樣的相處模式，甚至做愛時的樣子。

心裡像是寫了一個註記，提醒自己現實的愛情就是沒有人會願意等妳完全理解自己發生了什麼事，大家仍然各自在走自己的路，各自尋找在愛情裡想獲得的東西。

也是到最近才發現，我是喜歡尋找自己與人相處最舒適的模樣，在戀愛中有好多無法掩蓋的本能與混亂，而另外一個人覺得 I'm fine with that。

以前，我總是很有自信地告訴朋友，我把什麼事情想清楚了，總覺得「更確定自己喜歡什麼」這件事很酷。想起二十八歲認為喜歡一個人是把他當成自己在對待，一起面對世界的難關，無論誰在生活上受傷了，那同時也是自己的傷，彼此的快樂也有所牽連。

二十九歲，我像是終於放下了羅蘭．巴特的《戀人絮語》，開始學習不先定義什麼，彷彿拿著玻璃用各種角度折射光影，只要願意輕輕移動，就能看到所有想看到的光澤。

然後，我想瀟灑地對十六歲開始談戀愛的自己說：我雖然不知道愛是什麼，但不要輕易地讓別人告訴妳愛是什麼，妳甚至應該鄙視星座運勢上面定義的工作、愛情、健康的好人生，用時間慢慢找出一個自己最舒適的樣子。這時，有沒有人陪妳或愛妳不會是妳的需求，也許妳會發現，愛這個需求在某種程度上是被觀念餵養出來的，妳很完整，不需要別人。

38

自由

妳鍾情於那首歌從頭到尾穩定的大鼓聲，在編曲複雜的音樂裡，妳總欣賞著如此單調的決定；如同妳喜歡他總把自己放在事情的背景，如果是影像圖層，他會情願成為那層幾乎不被察覺的半透明遮罩。對其他人來說，或許不夠顯眼華麗，但在妳眼裡，支撐完整度的伴奏才是吸引著妳的美好細節。

後來，妳在Spotify的年度回顧看到這首最常聽的單曲，在心裡笑了一下自己，用一首歌詮釋一個情人的習慣成了證據。妳很開心已把這首歌聽膩，還有那個妳明明很喜歡但決心不繼續的自己，反抗著思緒需要和情感對齊，而現在的妳深信，這才是真正的自由。

39 愛是邪教

其實我每次看到「你值得好好被愛」之類的文章都完全沒感覺，思考有多少人會因為聽到這種愛來愛去的心靈雞湯而感到振奮？我曾試圖理解，但總是越想越不對勁。

可能我偏向「M屬性」吧，也許是被悲劇的電影或詩文耳濡目染，幸福穩定的時光，總讓我覺得無聊空虛。

有時候，我對大家認定「美好而長久的愛情」感到質疑，並且強烈懷疑這是一對一關係體制下的陰謀。整個社會說服你「單一穩定」才是健康的、「被愛」的感情才是值得的，這樣的思想不會有點偏執嗎？字面上就有點自私呢。

我也不懂為何很多人喜歡創造一種每個人都需要愛的氛圍，洗腦你需要愛，再讓你覺得獲得愛會比較好。

事實應該比較接近「世界上沒有足夠的愛分配給每個人」，一定會有人寂寞孤單（可能是終生哦），你永遠不被愛、得不到任何人的重視，沒有人愛你，因為你就是沒這麼好。聽起來很恐怖嗎？如果你覺得「我不需要愛啊」的世界觀很正常，就一點都不恐怖了。

40 想像

我喜歡英文勝於中文，因為簡單。

若是交談，可以擁有更巨大的幻想空間，而這一切的浪漫都概括在幾個字母內。

橫看別人以為只是條單調的線，但縱看會是一個點，而點內是無限，裡頭的空間穿梭無數條閃光彩帶。光是透過字彙在我腦中的爆炸、拆解與重組，便從中得知，我此生是從不間斷的幻想。

有時，我認為中文形容得太精準而無聊，好像我說什麼，一定要讓你聽懂似的，相較之下，我更喜歡各自詮釋。

也許真正的誤解來自語言，語言讓溝通變得複雜了。回想過去跟網友互罵的時期、跟情人吵架的日子，我總覺得，我們都說得太多了。當我們使用越多的詞彙，像是擁有更多武器來鬥一場嘴上的架，自在游移的文字，都混淆了真正的想法。
話語越是精緻，越是不斷地修改，也越來越難以打動彼此。
就像愛不愛你，兩個字，有時就算不問，你心底也知道。

41
焦灼

哪裡有等待，哪裡就有移情。
故作忙碌，刻意保留等待之焦灼，深怕時間到了，發現自己愛上的是愛情，而非愛戀對象。

42 — 拿好拖把

忘了帶藥和H約會的夜晚，H細膩察覺到她的異常，親吻了她的額頭，問她在想什麼。

她感受到未服藥時腦中劇烈的變化，卻無法用言語形容，這時通常會直接掉下眼淚，好像眼睛緊張地先幫她說了。

她的PTSD症狀是這樣，過去的陰影有時會投射在最親密的情人身上，當發作時，心理和身體上會有極度的反彈、恐懼，最遺憾的是她完全沒辦法控制。

她老實地直視著H眼睛，說：「我不太好。」

H接過她很多次眼淚了，他會讓她的眼淚流下來，再用手不斷地替她擦掉臉上的水。

H說，想哭就要哭。而她很喜歡H從來不會去擦那些她含在眼眶的淚，好像H

真的說到做到，拿著拖把準備要把地拖乾，而不在乎哪裡漏水。

她想了一下怎麼表達自己的心情，緩慢說：「我自己已經這麼辛苦了，不想你一起辛苦。」

說到這裡，她又補充：「而且你也已經是辛苦的人。」

H回：「妳看我有在怕辛苦嗎？兩個人比一個人好，妳會比過去好。」

她其實並不認同，而且在想這段美好的日子不知道什麼時候會結束。

但H抱了她很久很久，然後用非常堅定的語氣大概說了十次：「妳今天十二點前必須回家吃藥，妳要健康，我們才能走得久。」

她聽話地回家把藥吃了，看了昨天自己弄傷手後，H幫她貼上的OK繃，她覺得，好像沒那麼痛了。

43

背景音樂

傳訊息給他前，我換了一首歌，
希望他能聽見，我的背景音樂。

44 不倒翁

他一直以來，對她來說太過耀眼，她甚至在他身旁從未感到真正的放鬆，或許是有如偶像的存在吧。

在一次盛大的聚會，她跟在場所有人浮誇地聊天，表現異常賣力，講了幾個自己「發瘋」的笑話逗大家開心，希望讓所有人覺得自己已經正常。

還有，她故意利用一些轉身，意圖將人群往他那裡擠過去一點點，她渴求他能聽到自己說話的態度，說勇敢太誇張，但至少不要是軟弱的。

或許當時，她盼望的是自己所欣賞的人，不會因為過去的事而貶低她。

但從頭到尾，她就是沒有勇氣和他對到眼。

過了幾天，他傳訊息給她：「我那天看妳，好像不倒翁。」

他不知道，僅僅這三個字，就足以支撐她一陣子。

45 — 投降

F是魔術師，他的魔術有趣在於，他會在剛開始故意出錯，讓妳覺得他很遜，但最後的把戲總會讓妳更驚喜，他很擅於規劃自己的層次。

F是經典的紳士，他所挑選的約會地點、播放的音樂，都是在展現自己的品味。而他專注看妳的模樣會讓妳知道，他是「有意」地眼裡只有妳，但在妳說願意以前，他絕不會對妳有任何肢體接觸。

妳是有意識地掉入他的網裡，而他是操控者，他要妳渴求他，或是給他一個優雅的暗示，他才願意與妳遊戲下去。

關於我那段未成的婚姻，因伴侶表示自己有「前男友病」，希望我做到完全不聯絡以前的情人，極端又聽話的我真的傳訊息給他們：「嘿，我要結婚啦，下輩子再當情人吧！」

F是澳洲人，我傳了：「Hey, I'm getting married!」

他回：「I don't date anymore.」

他就是懂得創造浪漫和遺憾的人，即使妳知道不可能是事實，妳仍然相信著某些意義。

不變魔術的日子，他做音樂。

分開後第三年的某個晚上，我和一群朋友待在我的工作室，想聽F的音樂，他傳來整張專輯，共有十二首歌。我們安靜聽完後，還來不及整理心情，他傳訊息來：「其中有一首歌關於妳。」

其實我聽不出來是哪一首，即使非常想知道自己在情人眼裡到底是什麼模樣，但同時也知道他永遠不會告訴我真相，如同我不會問他的魔術原理。或許我們有共識：「最沒價值的就是事實。」

我們的關係是這樣，從沒想要搞清楚發生了什麼事，只享受當下，看我們之間的化學變化能帶我們去到哪。

他的音樂裡擁有許多空間，而我聆聽時彷彿能看見他的囚禁與傷口，回想他最後對我說的話：「對妳來說這段感情可能只是個假期，但我卻每天都要經過妳家，妳活在我的現實裡。」

身在遠方的我，再次隆重地向他道歉，自己當時面對認真的感情就只想逃跑。

「人生好重。」我說。

「我學會了投降。」F說。

46 不為人唱歌

有些人擁有讓你重新愛上音樂的能力。

他自在地在小房間裡對著妳彈吉他的模樣，妳清楚知道，他眼裡有更巨大的東西是妳看不到的，可能是一場演唱會，或是更多。

聽到我也跟著醉了，故意問：「你不是為我彈的吧？」

他看著妳笑了一下，繼續彈奏，而妳情願待在他眼角的餘光，就算只是折射，他在妳眼裡仍然很亮。

這股力量，有一天讓妳莫名地拾起了房間角落的吉他，妳才發現，妳很想像他一樣，活在自己世界裡，不為任何人地唱起歌。

47 溼淋淋

某位音樂品味很好的前男友，在半夜傳訊息給妳，想知道妳正在聽什麼歌。其實我很抗拒這種事，當某人的專業知識比妳多時，他們會用一種特定微笑看妳，好像他比妳還了解自己。

「告訴我，妳現在聽什麼歌？」

「你明知道我從不分享歌單的，會讓我覺得很像裸體。」

「我不會評論妳，何況我也看過。」

他過了四年還是一樣，是那種當妳早上使用完他的浴室，溼淋淋地走出來，擦乾身體時妳會感到特別吃力，因為無論妳會不會再見他，你們之間的關係還是會繼續。

48 — 遊戲

不知道你有沒有體驗過，你的情人窩在你的背膀，頭髮散落在你的床鋪，要你說愛他，你卻辦不到。

親愛的，我們並不是真心的，純粹想要體驗這一切的尷尬而已，最差的狀況是，她比你還想結束這段關係。

49 跌倒

性高潮後是做為全新的自己，重生。

之前學法文時，看了影集《艾蜜莉在巴黎》（*Emily in Paris*），裡面提到「性高潮」的法文「petites morts」代表「爽死」，或是「小死」。

艾蜜莉追問：「為什麼要講得這麼變態？」

她的朋友才解釋：「爽得要死之後，代表做為一個新的自己，也代表重生。」

剛好我的法文老師教到「墜入愛河」的法文是「tomber amoureux」，而「tomber」的意思正是「跌倒」，所以這句話原始的意思是「跌倒進愛情裡」。

我很喜歡這個說法，總覺得愛情用「跌倒」比「墜入」有趣。

「墜入」好像一個無底深淵，看不見未來，而「跌倒」好像是妳可能會受一點傷，但最終，妳會好起來的。

50｜美好而持久的愛情

「請問你們如何維持感情？」

「我空洞而淺薄，所以擁有美好而持久的愛情。」

我想到自己有段戀情談了兩年，平淡且枯燥，在體內棲息，連嘆息都難。

正因如此，其他戀情做不到的，他都做到了：不被懷念，甚至不在夢裡相見。

51 我都不信

「我們該相信一個人的言語還是他的行為呢？」

當他突然用自以為是問題的肯定句詢問妳，妳不會怪他，因為妳曉得眼前的他心裡已有篤定立場，只要這立場不會危及到妳滿布的地雷，妳總可以讓著他。也許是因為妳開始包容了所有的不相信，於是妳相信。

二十九歲認定的愛情或許是：妳有能力理解他的思想脈絡，不管他怎麼想，甚至因此離開妳，妳都覺得很好，甚至想讓更多人知道他的好。只可惜妳感到最快樂的時候不拍照，導致妳和他的照片最少，能被記得的也最少。

妳時間變得珍貴，給了誰時間，就是愛誰。

妳不再為了想聽的答案，問著完全相反的問題，妳不再掙扎哪些是喜歡哪些是愛，毫不在意哪個選項才是正確答案，騙了就騙了，賭錯也是愛了。

妳不再叛逆地覺得談論愛很蠢，就是這麼輕易地開始，在心裡說出來。

對妳來說，在自己體內複誦的聲音比說出口有價值多了，那些對自己呼喊的只想要給自己聽的，像是被最合適的水溫包覆，浪漫地以為水的波紋都是自己的延伸。

與他的閒聊中，妳用一貫的認真，把每句回應全都用來暗示妳對他的感情，緩緩地說道：

「親愛的，我相信感覺。」

52 — 他們

他從未做過任何一場夢，不懂大家所謂的夢想是什麼，每天生活就是把袖子捲起，描繪那些他所看不見的。

她是清醒時也在做夢的人，她所見的夢比現實上任何事物還重要。

她只有夢，而他只有現實，他們的共同點是知道唯一可以做的事，是反抗不由我們選擇的人類處境。

他們會愛上彼此，是因為對象的重心與目光總放在他們更鍾愛的事物上，那執著的視線鋒利得過於刺眼，不適合與任何人對望。

他們需要短暫的目光交錯，才能再次校正和認得愛情，好讓他們得以回到各自道路上，把自己的世界看得更為精準深刻。

她認為世上被分類的種種情感，都只是一種需要，從來沒有真正的無私，付出就是為了得到，無論他們刻意忽視自己付出了什麼。在獲得之中，他們便可以選擇自己的不需要。

53 仰望

「We are all in the gutter, but some of us are looking at the stars.」（我們都在陰溝裡，但當中有些人在仰望星空。）

王爾德（Oscar Wilde）總是惹惱她，她想著那剩下其他人呢？為什麼只推崇那些充滿熱量的人？

對她來說，仰望是什麼呢？

是那個被下藥性侵的女孩，完全失憶後六個月才想起不對勁，直到參加一個聚會，其中有個朋友分享了旅行時差點被陌生人冒犯的事，她逃了出來，剛好有車經過，接她離開那個危險的地方。

大家此起彼落地說著友人有多幸運，她才驚覺原來自己是不幸運的那個。

她想起自己是毫無力氣時，被一雙熟練的手抱起，用不慌不忙的腳步，把她丟上床，進去，出來，結束在她的肚子上。

她就是不幸運的那個，過了半年才發現自己一直想把一切歸類成「不好的性愛」，於是刻意增加約會數量，想利用更多的性去掩蓋那次噁心的感覺，無意識地與性侵犯刻意保持友好的關係，她對這件事的心理機制是：只要我們看起來是朋友，我們之前就沒有存在性侵的問題。

她希望把自己騙了，就不用承認自己是受害者。假裝沒事了多久，拆穿時就得贖還多久。直到現在，每一次她與人做愛時，都必須容忍性侵犯伸出舌頭的淫蕩臉，和自己情人的臉龐融合在一起。

當她把頭仰望，就會想到自己站在那棟大樓樓下，死盯著那戶人家，看累了就走回家，因為她知道自己什麼也不敢做，什麼報警、什麼上法庭，怎麼可能做得到，她可是連念出他的名字都做不到。

謝了王爾德，讓她知道有人能仰望星空，真是謝了。

54 萬一自己不夠好呢

某次，和男友看完電影的回家路上，告訴男友自己在某個橋段掉了眼淚。但男友追問時，卻發現自己不想討論，我用堅定的語氣告訴他，我不會跟他說，也不想讓他知道。

看似很愛表達的我，有一些最深刻的情感，被我視為私人區塊，不會和任何人分享。

我蹲在窗邊鬱悶地抽菸，男友溫柔地說：

「試著把妳自己的感受說出來，讓我更了解妳。」

「萬一自己不夠好呢？」

或許是躁鬱症發病後，我展露過自己性格的反向，認識了最難看且陌生的自己，並清楚得知我現在所擁有的一切都是努力調整來的。

我還是決定在我所認定的珍貴感情裡，不做自己，也不用全然地誠實透明，努力用美好的那一面與伴侶相處，也不覺得一段正常穩定的關係需要讓伴侶有難同當、生死與共。我最討厭不離不棄、充滿壓力的結婚誓言，無論貧窮、富貴，健康、疾病，都願意互相守護，聽起來就是個悲劇。

55 別教我怎麼活

「愛是恆久忍耐，又有恩慈；愛是不嫉妒；愛是不自誇，不張狂，不做害羞的事，不求自己的益處，不輕易發怒，不計算人的惡，不喜歡不義，只喜歡真理；凡事包容，凡事相信，凡事盼望，凡事忍耐。愛是永不止息。」

我討厭信仰自以為是教化人的部分，想調整成自認舒適的版本。

愛是不用忍耐，不用包容，不用盼望，盡量放縱嫉妒之心直到無趣，盡量計算人的惡直到無聊，如果你過度期待與憧憬，愛絕對有終點，只相信自己，只相信自己。

56 失戀

她失戀時身體會痛。

她從沒感覺過自己心痛，但她的腦袋好似有一條線，連結著胸腔下某一塊肌肉，在她太傷心時痠了起來，如果躺下，這股痠會直通腳踝，讓全身一起痛了起來。

每口呼吸都是愛人的名字，好似他們眼睛一閉上，她的天就黑了。

她喜歡看他們親吻做愛時，自己被插入占據的模樣與重量，通身洋溢著他的體溫，也喜歡在他專注的眼球裡有自己的身影，舔著彼此顫抖時溢出的汁液，請好好享用我的身體，飽餐一頓她所有的淫蕩。

她才明白自己是米蘭．昆德拉（Milan Kundera）說的第四種人，這類人的存在需要被愛人注視，活在不在場的想像目光下。

她之所以能撐著過日子，很大的原因是她想多見他幾次；在她有力氣邁出步伐後，便明白了一段路的距離之所以變得不再那麼長，是因為感覺到情人幽幽地望著她。

愛人的注視，遙遠的目光，是她願意活著的獎賞，她需要不斷尋找這種盼望。短暫的思念之情帶來了由胸腔連至腳踝的疼痛，翻攪的腦袋才能證明自己熱切的情感。

遙想一切比真實見面還要美好，她所追求的愛，正是那種渾身不自在。

57 缺陷

她不是對感情忠貞的人，喜歡刻意製造一些汙點來證明愛之間的裂縫，而這些裂縫能夠彌補她認為自己過於幸福的錯覺，來提醒這段關係的缺點，好讓她獲得短暫的清醒。

並不是所有人都憧憬相同的形容詞；她厭惡完美與純潔，她需要這些缺陷，才覺得自己足夠匹配世界。

58
我想見見妳

大概是自己孤僻吧，長大後除了認識工作上遇到的人，沒有太大的興趣認識新朋友。還養成了一個古怪的習慣，明明臉書貼文總是開地球，但從二〇一七年開始，臉書加了新朋友後，第一件事就是將對方設為點頭之交。手指操作這件事的流暢程度像是慣性，即便察覺面前對方好像發現了我的目光在手機上多做停留，我還是帶著有點冒失的決心，快速完成這個步驟，真是奇怪。

這件事一再被我拿出來思考，因為我發覺自己的性格一直在改變。我長期保持聯絡的朋友很少，從很久以前，我就對自己宣告，希望自己交往的朋友關係是「我想見你」，而不是「我需要你」。兩者的差別是，要去一個地方時，我不是因為想要人陪就約人，而是我很確定這個行程只想跟誰一起去，會達到心中最愉悅熱烈的程度，並且確定對方同樣非常期待，我才會讓這件事發生。

總覺得老朋友其實是一種執念，有些人認識比較久也不會更親密，也不刻意追求維持著什麼樣的關係，或許就像我不相信愛情能夠培養，對於認識朋友，我也偏向一見鍾情的類型。

有一次，我和多年前曾經一起工作的女演員吃飯。在片場時，我和她幾乎沒有聊過天，但因為她熱情邀約，我也很喜歡她，就進行了一場有點緊張的約會。她的大方真誠包容了我的小害羞，記得她直視著我有點飄忽的眼睛，然後說：「我就是很想見見妳。」這句話惹得我眼眶有點溼，心裡好暖。

大概就是從那一晚開始吧，又重新相信了一些人與人的連結，其實是足以打破相處的時間長度。

經歷生病難受的日子，為了存活下去，我只能顧著做自己，專注於尋找讓自己更舒服的生活方式，早就忘了怎麼討別人喜歡，或是如何被喜歡。但心裡很感謝，當自己什麼人都忘記、什麼事都不在乎的時候，還能被一些人記著或是想起，甚至「想要見見我」。

59 看見你

「你一會看我，一會看雲。我覺得你看我時很遠，你看雲時很近。」

記得第一次讀顧城的詩，是被這一句吸引。

當時她患了憂鬱症，但感覺得到身旁最親密的情人無法理解，她好似想把風景中每個細節看盡，好解釋自己到底感受到了什麼。她卻發現，就算硬是把情人拖到了一樣的位子與視角觀看，他卻什麼也看不到，只覺得她的悲傷無聊透頂。

他們的關係越是溝通越是寂寞，越是爭辯越是脫離了她想表達的主軸。

過去她曾和患有憂鬱症的伴侶交往，雖獲得了同理，但兩個生病的人是在不同的地獄中彼此拉扯，他們不能成為對方的浮木，一旦有一方被抓緊，雙方最終會一起往下沉。

好像真正懂妳的人總比妳還深陷其中，偏偏當完全搞懂一個人時，又是會發瘋的。

如此反覆，反覆如此，在那段感情裡，他們並沒有獲得任何救贖。

「妳凝視太陽可以不眨眼，卻覺得我的眼神過於沉重。」

已經是大人了，才知道自己在愛情裡，只要能夠看見對方，無論他在看雲還是太陽，無論他的目光在不在她，但只要能看得見他，想看見他，就能得到愛戀之人的敘述獨白，進而縱觀各自的迷戀與失落，如此反覆，反覆如此，是她持續戀愛的目的。

60 — 家人

「當彼此坦誠以對，還能愛著對方，才是真正的親情吧。」

回想起某一任男友，他替我扛了我的 PTSD 整整兩年，當時除了他，我沒有向任何人說出自己的故事。

那整整兩年，我只要撥出求救電話，他必定馬上趕到我面前，陪我痛哭一場。

我熱愛生命，我很想活，但我腦袋裡的畫面沒辦法停下來，當我想「終止」腦袋中的惡夢播放，我哭著告訴他，我真的沒辦法了，我好痛苦。

他會用非常沉痛的語氣反問我：「那我要怎麼辦？」

我想，當時，我是為他而活的。

他甚至在政大附近替我租了房子，好讓正在上學的我，只要感到不適，就可以回那個高級小套房休息與抓狂。

當時我們都不相信心理諮商，第一是，我無法承受再多告訴一個陌生人我的故事；第二是，我相信當時的男友，有他在，我就覺得自己被拯救。

結果當然不好，他一人擔不了我這麼多情緒，他也無法向任何人訴苦，我們的關係逐漸變成互相情緒勒索。

記得談分手的時候，幾乎是兩個發狂的人互吠，無法解決任何事，因此姐姐陪著我，理性地當我們的傳話筒。

永遠記得男友向我哭著大喊：「妳發病的時候，妳的家人在哪裡？妳的朋友在哪裡？唯一陪妳的人，就是我。」

我一直哭，停不下來。

於是我才告訴姐姐，我生病好幾年了，我不敢回家，回家讓我壓力好大。

姐姐很鎮定，眼眶紅紅地說：「從今以後，我陪妳。」

#練習社交問答集②——關於陪伴

Q 因為家裡很保守的關係，一直不敢去看醫生，怕家人不能理解，請問怎麼做比較好？

A 依照我的經驗，這個情況可能是因為部分的自己也還不能接受自己生病的事實。回想起來，會踏入精神科是因為心理諮商師發現我有需要，剛好諮商所樓下就是醫院，路程極短，我才願意去精神科看診。

一開始，家人當中我只有讓姐姐知道我生病了，但原因也是心理諮商師發現我有傷害自己的風險，在說服我之後，我才願意提供姐姐的緊急聯絡資訊。擔心姐姐之後如果突然接到電話會嚇到，所以才跟她說我把她填為緊急聯絡人，當時我的心態其實是覺得如果未來真的發生了什麼事，至少有個家人能夠說明及理解我的狀態和選擇。

後來，也因為姐姐成為我生病時最能體會我的人，我們兩個的關係越來越親密，也越來越相信血脈相連的意思，我才認同一些心理諮商的制度。妳願意填上的緊急聯絡人可能是妳最信任的人，也有可能是讓妳留在世界上的牽絆，也許知道了這一點，在憂鬱症發病時比較好？

如果要工作時，我狀態不好出不了門，會跟工作夥伴說我感冒了、身體不太舒服，大家通常比較能接受這個說法，不會問東問西，造成二次傷害。

至於其他家人，我是等到一直說自己感冒，他們開始懷疑時，才好好地跟他們說：「可不可以等到我想講再講？」我相信家人會看見你的有苦難言。

對我來說，親密的家人、朋友、情人不能接受我生病的背後代表著他們擔心至極，不敢想像妳所經歷的一切。

如果你也想讓家人理解，希望你不要著急，帶著感冒的心情走進去精神科，有時候承認自己有病，你才會過得健康。

#

Q 您好，我有躁鬱症，鬱期很容易因為情緒影響伴侶，期望在伴侶身上找到救贖，好怕是在情緒勒索對方，不知道該如何調適。

A 這題好難哦，我也是弄壞很多段感情、換了很多男友，還是沒有找到正確答案。

我也曾有兩三年的時間，習慣把期望放在伴侶的身上，對方很篤定地跟我說他心理素質很好，扛得住我。但後來感情還是走到盡頭，分手後，我發現我失去了扛住自己情緒的能力，從有人陪妳看病，到自己一人去醫院，心理上落差太大了，所以那時候開始，我就決定不管生什麼病，我都要訓練自己獨立處理，拒絕讓任何男友陪伴看病，自己的事自己解決，後來也覺得這樣做比較自在，不會有什麼期待落空的感覺。

生病前，覺得戀愛就是要坦率赤裸，無論喜悅悲傷都要跟伴侶分享，也被灌輸一些老舊觀念，什麼伴侶應該在你低潮時不離不棄、全盤接受你的模樣才是好的，但後來發現這些都是 bullshit。

因為我也曾經從情緒問題很嚴重的伴侶身旁逃離過，知道自己撐不住的感覺；所以當別人決定要離開我時，我也能理解並尊重。

兩個人在一起最初的目的就是為了開心滿足，最理想的情況是把自己的狀態調整好，好好地享受能夠戀愛的日子，忘記時間，忘記無聊。每個人都有各自的忍受極限，持續讓雙方接收負面情緒，對我來說好像就不是愛情了，戀愛就是要開心，不然要幹什麼呢。

如果你交了一個伴侶，需要處處說服他理解你，甚至開始覺得和他在一起時你感到更寂寞，通常我會嚴厲地告訴自己，如果這種情況再發生幾次，就要選擇放棄。

現在談戀愛，狀況不好時我會直接取消約會，不讓對方接觸到我完全低潮的模樣，一方面是覺得自己看起來淒慘，另一方面是因為遇到很喜歡的人之後，開始注重約會品質，努力只展露想展現的部分給對方看，其他不想展露的部分，我偏向自己處理或找心理諮商。如果是真的需要見到對方、想討個抱抱的時候，我也會直說，但會控制頻率，我覺得偶爾求助於情人，不會是情緒勒索。

有時，情人也不是最好的求助對象，可以學習分散重量在不同人身上，這樣雙方的壓力都可以減低，你不會過於自責，對方也不會覺得你在情緒勒索，而會覺得是分享。

最後是心裡要具備「所有人都會離開你」的念頭。面對情緒，他人只能成為暫時讓你躲避風雨的地方，沒有人可以隨時待命。所以，練習在最痛苦時獨處，我覺得是很重要的事。

#

Q 我向伴侶提出相處上的問題，對方總是說我又在不開心，但我是真的冷靜地試圖解決問題，請問我該怎麼做呢？

A 這題我很能感同身受。後來我發現我自以為冷靜，實際上每句話都在充滿情緒地質疑他，記得有一任男友跟我分手的理由是我太凶了。

我試過一個方法還滿有用的，聽到讓自己不爽的話，當下先用力忍住，努力用平穩的語氣說：「這一句話我聽了不太舒服，但我還不知道為什麼，等我想完再跟你說。」

之後如果想要解決問題，再挑一個彼此心情都比較好的時候，跟對方說為什麼自己上次不開心。

我的經驗是不用急著馬上解決問題，當兩個人都在情緒上頭，再怎麼溝通都像是在吵架，或許過了一陣子，等你能夠有條理地訴說自己為什麼當時會感到失落或失望，伴侶也能更清楚地理解你的需求。

#

Q 女友曾診斷為中度憂鬱，曾經服藥但效果不好，便自主停藥了。最近她狀況越來越差，我又快去當兵了，很擔心無法勸她回去精神科，跟醫生討論適合的藥物。怎麼辦？我有時也身心俱疲。

A 其實我滿能理解不想去看醫生的心情。

以我的經驗來說，憂鬱症藥物的效用沒有躁鬱症或是焦慮藥物的成效來得顯著。在我感到痛苦時，憂鬱症藥物的作用多半是讓我昏睡，盡量不讓我感受到任何情緒，有點像是讓我沒有力氣做出任何傷害自己的事，吃了心情不會變好，所以在服用憂鬱症藥物的初期，我也常常想要斷藥，但後來慢慢調整藥物，是可以漸漸恢復精神與思考的。

我後來的理解是，要讓一個情緒高昂的人冷靜下來比較容易，像是讓藥物輔助你走下山，但要一個在谷底的人往上爬回正常值是非常辛苦的。所以在沒有任何動力的鬱期，我覺得要先判斷她會不會傷害自己或別人，如果真的有危險性，我支持強制送醫或是住院；但如果她不會傷害自己，只是沒辦法出門、不想出門、沒辦法面對任何人，我覺得就讓她自己好好休息一陣子吧。

我曾經在家待了整整一年，憂鬱的情緒不一定每天都是滿滿的悲傷，會有一兩天過得比較舒服，我相信那個比較舒服的時刻是轉換情緒的契機，可以試試看出去買早餐，在公園坐著，或是找一個朋友說說話。

有時候，身旁人們的關心和逼迫也會是一種壓力，希望如果你真的想成為陪伴者，就要有足夠的耐心和平穩，不要把自己焦慮的情緒帶回給病人。

辛苦你了，從問題中感覺得到你的擔憂，但我相信緩解憂鬱症的關鍵是經驗，是需要一次次獨自面對鬱期，掌握情緒的流動和去處。希望你也要對她有信心，試圖從她的角度一起看世界，理解感受她的難處，我相信她也會接收到你的心情。

第三章／活著

「妳的夢想是什麼？」

「活著。」

61 不是了

無論我們怎麼寫劇本，劇情都脫離不了生存，因為那是人的本性，消極也好、苟活也好，甚至死亡，都可以看作某部分的你，想要存活下去。

我喜歡思考死亡和生存之間的關係，看似是絕對負相關，但會不會想要結束生命的妳，其實是想讓自己身上某種珍貴的東西延續？光想著兩者互相影響的曲線變化，總覺得兩條線每次交會，一定都很令人安慰。

有一陣子，寫劇本的自己很叛逆，常常交不出客戶想要的東西，或許是我總執著於不被人猜到結局。後來經過好好的討論，原來在他們眼裡，我既想被喜歡又想要做自己，又太過在意他人的眼光，導致四不像。我起初否認，但想到最近會來陪我喝酒的年長朋友，曾說我處在一個不斷需要證明自我的時期，而他告訴我，我根本不需要被證明。

會不會我做自己是為了讓別人覺得我做自己呢？就算我所喜歡的橋段很普通單調又如何？

想到無意識灌輸我許久的電影台詞：「我們做了這麼多，不都只是想讓自己被多愛一點嗎？」終於能承認《愛在黎明破曉時》（*Before Sunrise*）中這句被眾人引用到俗濫的話語確實影響我許久。

長大之後想想，總覺得十九歲看到經典電影那種振奮感，或許是因為當時沒有那樣好的表達能力，溫柔地替妳說出打結已久的心聲。我把這當成是宇宙要妳理解某件複雜的感受時，她送給妳一些人，親自演給妳看。

二十九歲看待這句台詞，想的是「哎呀，我好像失去了那個想被愛的動力」，卻不覺得氣餒，那些本來就像是追求不完的東西，在我每次的選擇與決定下，被我放得更低，哪些東西讓我更在意了？是「被愛」的相反嗎？

我不太確定。世界少掉很多別人，偶爾會很孤單，但我發現那種孤單是能夠承受的。

好像可以對這句牽絆我十年的台詞說：「嗨，不是了。」感覺挺好。

想要快樂就好，也希望自己哪天真的被創作傷透了，或是發現一切淪為證明的傀儡，還可以很大方開心地說：「嗯，我再也不想寫了。」

62 — OK繃

看了 YouTuber 阿滴分享憂鬱症的影片，他的模樣好理性，總覺得好厲害。之前曾有網友邀請我上播客，聊聊「精神疾病去汙名化」的主題，當時我很抱歉地回覆他自己還沒有準備好，我可以輕易地自己談起，但如果是別人問起或解讀我，就算他們說的是對的，我還是不太舒服。

我覺得阿滴分享得很好，精神疾病最大的障礙就是「無法控制自己」。憂鬱症像是被困在一個沒有門的房間，外面的人著急喊著要妳快出來，但沒有任何工具可以幫助妳逃脫，努力沒有用。發病的當下，病裡面的人與病外面的人處在完全不同的認知狀態，除非願意想像，不然再多的溝通只會更傷人。

但一個人要怎麼想像自己從未體驗過的事？

這也是為什麼我開始書寫有關精神疾病的文章，在沒生病以前，我就是在房間外面的人，根本不知道房間裡面有什麼可怕的事物，讓生病的人這麼辛苦。我也發現，目前多數人對於精神疾病還是處於同情，同理是目標，但就算用邏輯與知識去同理，未來當精神疾病發生在你身上，你還是會嚇一跳，因為你會開始不太認識自己。所以我的方法是扎扎實實地和病站在一起，當一個坦白的實驗組，不斷紀錄自己的情緒起伏，想讓大家知道憂鬱症患者可能的面貌，有時好有時壞、外表看起來相當正常、不是所有的時間都在哭泣，痛苦不只有一種模樣和姿態。

當然，我也很明白，寫下這樣的紀錄，我不只在說服大家，也同時在說服自己，到目前為止滿有用的，就當走一步算一步——沒用再說。

憂鬱症的症狀之一是會失去所有對事物原有的熱情，只對死亡有興趣，而我在對死亡感興趣時想了很多。我發現整個世界都建立在「生存」之上：工作、賺錢、積極、生產力與資本主義，甚至健康、感情、婚姻，都是為了更好的未來而準備的，這些社會教導我們的正面知識，都和「我追求死亡」相互違背，也難怪我會對所有事情感到格格不入。於是後來，我就不再責備自己為何對這些事物一點熱情都沒有。

處在上述的狀態，我認為最好的方法就是按時服藥、好好休息，不要因為連門都出不了而感到自我厭惡，照鏡子時要一直提醒外表如常的自己：我並不是平白無故地休息，腦袋生病如同身體感冒發燒，無法動彈、沒辦法洗澡吃飯都是正常的。

就讓時間去跑，請你耐心相信且等待總有一天，你會有「舒服一點點」的感覺，有人說那是光，但我覺得沒那麼誇張。

當我有力氣正常生活後，我開始刻意地去做我很不喜歡的事、去我很討厭的地方。

因為我發現「另一種痛苦」也是需要適應的，而在適應的過程，你可以暫時脫離原本習慣的痛苦模式。簡單來說就是換一個環境。

這樣的刺激和體驗，也讓我知道自己在發病時，真的不能夠做什麼事，例如完全不能出席大型場合、或是超過兩個人的聚會，我會明顯恐慌、全身發抖、不敢和任何人對到眼。

「不能和任何人對到眼」，後來成為我快要爆掉的指標，當對人產生防備心，也代表我開始不想被任何人了解，因為怕別人知道我在看似沒事的外表底下，非常的糟糕。

當下你會覺得未來不可能會有任何的轉變，但請相信我，發生過非常多次以後，你的病態意識會越來越敏感，可以在快要發病的時刻，提醒自己即將面臨什麼折磨，有預告絕對比沒預告好。

接著是老實話，有些文章說你可以完全好起來，我覺得太過夢幻。其實憂鬱症復發的機率很高，我比較悲觀現實，我想告訴你，不要追求變回和生病以前一模一樣的人，你絕對會跟之前不一樣，但這也沒關係，你可以成為很帥氣的憂鬱症患者，大方地走進精神科，點名自己需要什麼藥，我覺得這和走進酒吧指定你要喝什麼酒一樣，篤定知道自己需要什麼，是一件很酷的事。

好了，前面寫得這麼輕鬆，其實我想和看到這裡的你說聲辛苦了。活著本身就是不容易的事，你已經很厲害了。

親自走過才知道有這樣的世界存在。

以下，想特別給一些有PTSD的人：如果妳決定開始談自己的傷痛，請妳一定要找妳信任的人或是愛妳的人在身邊，重組和表達說出口的過程，很像是要更換貼在結痂傷口上的OK繃，在撕下的過程中妳一定會流血，原本的結痂會連同皮膚一起被黏起，妳會痛到懷疑自己為什麼要重新撕開、是否做錯了決定，好像連妳原本建立的堅強都全面崩解。但其實這是一條辛苦且必經的復原過程，妳必須在每個時間點重新理解並替「那件事」換上新的OK繃，傷口才不至於一直腐爛下去，相信我，妳只要不斷地先提醒自己會很不舒服，一定撐得過去。

曾有人問我，如果想對精神疾病患者表達自己的關心，有沒有一句話是我想聽到又不會抗拒的話？

我的答案是：「我希望妳能過得開心。」

因為多數的精神疾病患者對「努力」或是「更好」會有點反感，若有一個人把他的「希望」放在「妳能夠開心」，代表他知道這件看似簡單的事對妳來說很難，所以其實是一件很感人又無害的事。

願我們都能離開心起來更近一點，沒有辦法也沒關係，至少能聽到一些在意，也不算太討厭吧？

63 普通女生

「不要為了不理你的她努力／不能沉醉在愛戀中的自己／忘情寫的情書，禮物都沒半點路用／她就是到處都有的，普通女生／只是，不喜歡你而已」

躁鬱症發病時我拍了影片，在影片中念了北野武的詩〈普通的她〉，回應臉書粉絲專頁「靠北影視」上匿名者的投稿，一篇關於我私生活的爆料。

其實讓我最想回應的原因是：都民國幾年了還把性愛當作一種攻擊人的低劣手法，要不是因為爆料內容不是事實，真的很想回他「多做愛不好嗎」？

當時，我建議匿名爆料者把手放下鍵盤，用雙手好好打手槍，不用花時間打字毀謗我。

我截圖攻擊我的留言，憤怒地念出一個個用假帳號留言的名字，告訴他們惹錯人了，惹到了一個生氣就打長文、剛好有讀點書而且超愛記恨、絕對不會放過你的人。而這個人等等會去報警，會請警察先生找到你，再來她會親自見見你，直視你那張以為匿名就沒責任的臉孔。

雖然最後我還是很恐懼看到別人的評論，因此決定封鎖所有靠北系列的粉專，包含「靠北影視」，為了不想滋長匿名傷害人的風氣，不想看見匿名者在網路霸凌別人，也不會看見自己被霸凌。

現在想想，我的躁期也不算完全搞砸人生，偶爾還是會做出好的決定，沒有辦法顧慮可能會被更多人誤會的後果，很直接地替自己反擊，做了一些平常不敢做的事，而不是忍氣吞聲接受那些厭女者的發言。謝謝被躁期點燃的狂妄自信，或是一無所有時仍想捍衛些什麼的我自己。

你們猜，最後警察找到了誰？

64 — 消失的香港

讀了《端傳媒》的專題報導「消失的香港」後百感交集，這個專題的閱讀方式很特別，進入報導網頁，會跳出一則聲明視窗：「頁面內容將隨你閱讀而消失；無法往前回顧；內容消失後一片空白。」像是赤裸地呈現與警告：你若不願記得，一切會像從未發生過。

我想起蔣勳曾在《人與地》裡說：「也許有一隻大手在捏塑歷史，或者毀滅歷史，對他而言，捏塑與毀滅也並沒有不同。」

我曾羨慕那樣解讀世界的淡然，或許與我選擇相信決定論的原由不謀而合，好像對自然興亡有一種冷漠感，那冷漠是可以創造與破壞，把繁華與劫毀看成平等，意義的重量可以被重新調整，應該被記住的也該被淡忘，如此有距離地觀看歷史，消亡便不需要過於悲傷。

但我越是這樣想，就越是不甘心。

每次有關政治時事的新聞，我總想起自己很欣賞的美國評論家蘇珊・桑塔格（Susan Sontag）說：「對歷史有熱情的人多半對政治不感興趣。」這句話在我腦海中揮之不去，最初，我以為是我認同這樣的說法而印象深刻，直到最近，我才明白我是因為極度不喜歡這句話，才把它記得這麼牢。

「力不從心」大概是我對於近年社會變化的解讀，無論是在疫情下每日成為死亡的目擊證人，或是眼睜睜地看著香港一則則從自由趨向絕望的新聞，因為無能為力，而對一件事從激烈關心到逐漸麻木，整個過程很不好受。那些被迫離開世界的一條條人命，因應社會更有效率的呈現方式，變成無情的統計數字，這是我一直都沒辦法適應的事。

在美國影集《良善之地》（*The Good Place*）中，其迪花了一輩子探討哲學問題與解釋倫理和宇宙存在的原因，重複活了八百遍後，他寫下：「There is no Answer. But Eleanor is the Answer.」

最終的答案居然只是：一個他深愛之人的姓名。我為此哭了好久，想想自己總在尋找和追求事物的真理，卻從沒想過解答可以是一個人，一個能力與生命明顯有限，活生生的人。

有一次工作是拍攝馬拉松比賽的形象影片，我在終點等待跑了五十五公里的跑者，其中一位男子到達終點時不是喝水休息，而是看到我正在運轉中的攝影機，從口袋掏出香港旗幟，對我的鏡頭大喊：「我是香港人，我們現在很需要幫忙，希望台灣可以幫香港加油。」

那面旗幟因汗而溼透，有些褪色，我幻想著站在我面前這個男子是不是隨身都攜帶著旗幟，是不是喊了這話不下百次，寫到這就覺得心疼。回想起來，他或許就是我當下的答案。

歷史是政治加上時間，當代社會政策一聲令下，時間被壓縮成此時此刻，我們就是不偏不倚地站在政治與歷史裡，如果人真能成為答案，那方法或許是用我們渺小的身軀承載歷史，用力記得過去，讓集體的個人記憶去拼湊與支撐屬於我們的共識，相信一切會有所不同吧。

65 ── 過度熱愛時

你們會這樣嗎？觀察到太喜歡的事物反而不敢表達，深知在解讀某些高度面前，容易被看穿自己在什麼位置，害怕對那件珍愛事物的見解不夠準確，而限縮了自己感受事物的範圍。

以前我不太願意向人分享，恐懼被人看出思考的源頭，例如因美國導演伍迪．艾倫（Woody Allen）而注意到《罪與罰》（*Crime and Punishment*）；因電影《開羅紫玫瑰》（*The Purple Rose of Cairo*）而愛上歌曲〈Cheek to Cheek〉，爵士音樂在那一刻定義了我對優雅的標準。這些微不足道的小小小事，卻被我視為很私人、很親密的思考脈絡。

我曾經冷靜地追求著：有沒有人跟我同樣喜歡一首歌裡，那顆距離音樂特別遙遠的音符，漸強漸弱甚至跳動的痕跡；或是同樣遺憾一部電影中的某顆鏡頭，有可能是演員講話的速度或離開的手勢，唉應該少一次揮手會更自然的呀。

我常常就這樣熱烈地佇立在原地，茫然看著人群快速穿越過我所執著的事物，大概是我過於專注的狀態維持太久，才猛然發現：在意這些事的人沒有很多，而能夠和自己用完全重疊的角度看待書與電影的人，幾乎不可能。

我從失望當開頭，卻在結尾時喜歡上這種孤單，大概是時間累積與一次次在心裡精挑細選，在巨大的崇拜面前，終於不會害羞到覺得自己應該閉嘴。也慢慢發現，必須親自踏過理解事物的欲望，才走得出一條獨特的路徑，彷彿站在一個新的領地，終於插上了旗子，滿意宣告著：「是的，這是我追尋很久的品味。」

很珍惜自己心態的變化，關於建立自信心的過程，短短幾段文字，我卻走了好久。希望懶惰的我，未來能持續當個樂於表達意見的女子。

66 無神論也是一種信仰

從小我就是敏感體質，阿公和外公過世前，我都夢到了他們屋子的兩側貼了「紅紙」，沒幾天後阿公和外公就走了。

後來媽媽才告訴我，民間傳統上是喪家會在鄰居家門口貼上紅紙，有祈福避煞的作用。

預言夢讓我很苦惱，也有聽說過如果「把夢說破」，醒來即時把夢境告訴別人，一切就不會發生。

印象最深刻的一次是我在夢裡看見許久未聯絡的高中導師，他微笑遞給我一張紅紙後，我驚醒過來，匆忙走到客廳告訴看電視的爸媽，可能又有一個人要走了。

當時媽媽安慰我，或許是火氣大、胡思亂想，要我回去好好睡一覺。

隔天，我就接到了老師的死訊，是半夜腦溢血走的。

從那次以後我變得很害怕做夢，甚至害怕睡著，如果夢境裡的場景空無一人，我都會在夢裡強迫自己清醒，不讓夢有機會貼上任何「紅紙」，以免憾事發生。

長大以後，過世親人的託夢情況層出不窮，叮嚀要記得拜滷蛋、想吃油飯、怎麼只有拜菜、或是燒的紙錢數量不對……，經過確認後，發現每個託夢的細節都在現實生活中確實發生，而我卻是由夢得知一切。

家裡是拿香拜拜的道教，外婆和阿嬤很是虔誠，所以身為晚輩從來沒被過問想不想信、要不要信，就是給妳香，要妳拜東拜西，請求祖先保佑。

因為被託夢得很累，有時更在醒著時直接聽到或是看到，所以長大以後我拿香都是在求神明，不要讓我夢到這些託付，我無力改變，也耗費心神。

直到某天讀了《通靈少女》原型人物索非亞所寫的《靈界的譯者》後，我的「敏感體質」才有了改變。

索非亞在書中講述自己從小就是在宮廟替人辦事的靈媒，因為她既看得到也聽得到鬼魂，成天有數不清的人來問事消災，沒辦法度過一個平常女孩應有的童年生活，還說她曾經有一支醫療鬼團隊在廟裡幫忙抓草藥、替人治病，內容很是有趣。

記得書的後段，索非亞某天走進了清真寺，拚命地四處看，卻不見任何鬼魂。原來，伊斯蘭教的教義並不相信鬼，而在《古蘭經》裡，我們認定的「鬼魂」等同於他們認識的「精靈」，在阿拉伯語中，精靈（Jinn）的詞根有「隱藏」之意。

之後索非亞決定皈依伊斯蘭教，身穿教徒的衣服走在路上，仍然會遇到很多鬼魂想請她幫忙，但她卻帥氣地說：「我信奉伊斯蘭教，我不相信你，所以我看不見你。」

她日益體會到伊斯蘭信仰對她的改變，也決心要過自己的人生，不再為信徒與鬼魂的欲望服務。

讀完書中這段敘述，我很震驚，原來可以看到一件事但決定不相信一件事。因為關於信仰，我只聽過「沒見過但是相信的」或是「見過且相信的」，我沒聽過「看得見但選擇不相信的」。

之後，我仿效索非亞對信仰自由的選擇，決定自己要當無神論者。確立這個心態後，我感覺到自己離鬼神越來越遠，也離開世界上多數的形式規矩，活得越來越自在，更覺得無神論也是一種純粹的信仰。

67 道路之外有道路

真理拒絕把自己納入知識的範疇，將自己稱為特例，足以獨行。

它們忘了自己是可以被創造，只是不能被發現；如同刻意遺忘獨行本身也存在第三人稱，道路之外有道路，生命之外有生命，真理之外有真理。

擁有信仰的人或許是相信無限框外之框的盡頭即是真理，而沒有信仰的人是不相信盡頭，也不相信廣闊之中只擁有一個真理。

68 可以對我喊加油

日前，哭著把我罹患PTSD的原因告訴親密的朋友，卻因為朋友的回應而感到很受傷。

「說出自己的事」，你可能會變得更好或更壞，如果追求變化，就需要知道這件事存在著巨大風險，想要貿然討個機會，失敗就是你得承受的。

朋友說：「妳就是不懂得保護自己。」這句話讓我拉開與她的距離，我像是往後退了一大步，畏懼地再也不想向別人提起自己的過去。

當時，帶著朋友那句讓我很受傷的回應，前往心理諮商，難過地向諮商師說自己沒被安慰到，反而被最親密的人刺得全身是傷。

諮商師說：「妳覺得妳的朋友是真心想用這句話傷害妳嗎？」

「不是。」

「那就別這樣想她，她沒有專業經驗，只是用了錯的方式回應妳。」

我因為醫生的回應，舒服了很多。想想我們這種人，因為自己的病而對世界充滿憎恨，容易被負面情緒蒙蔽雙眼，推開一些關心你的人，或是挑別人話語中的毛病，測試他們是不是真的跟你站在一起。

但事實是每個人生病的原因都不一樣，你的朋友、家人、情人對於你的感受沒有經驗，絕對難以理解你的心情。或許，你要有決心，你永遠是孤單的存在，又有誰不是呢。

其實無論是哪種精神疾病的患者，我們只要選擇繼續活著，就一定會被這些求好心切的建議傷害，畢竟我們的人生目的只是想要舒服一點，在求生的時刻，那些遠大抱負皆與自己無關。

有時，我會思考為什麼之前我要高呼「不要對我說加油」，除了因為憂鬱症是病，加油一點都不科學外，或許我真正想要的是被正常對待。

我們不會隨意對人喊加油，通常只對你覺得「有需要」的人說，而精神疾病有可能是天生或後天造成的狀態，患者真正期許的可能是旁人不要把「與自己不同」的人，當作一種特別的存在。

「加油」雖然沒用，但我慢慢從憤恨的情緒跳出來看，發現自己更不想當那種責備別人關心的人。

精神疾病患者好似先折斷了人與人之間的橋梁，但有些人面對你的自我放棄，伸出了雙手，即使他可能救不到你，我反而覺得這樣的人很勇敢。

有些朋友很可愛，曾在我面前喊完加油，又懊惱地跟我道歉，或是覺得自己講錯話，事後打了長長的訊息補充觀點。我內心很愧疚，為何我要對人這麼嚴苛，彷彿全世界要服務自己一樣。

之後，我慢慢能夠分辨那些大家說「對憂鬱症患者無用的鼓勵」背後的含義。我開始告訴那些愛我的人：「我沒那麼脆弱啦，別擔心。」或許恐怖話聽多了，我跟親密的人計較用字幹什麼。

什麼是錯誤的方法、什麼是正確的方法，我不曉得。但我覺得如果可以，有足夠的力氣，就好好地問自己，什麼話會讓自己感到受傷，什麼不會。再帶著這些自我理解去告訴你的家人朋友，什麼是你的地雷，你沒辦法開這類玩笑，如果他們真心在意你，也很難被一腳踢開。

後來，我帶著醫生的話再次見了我朋友，她對我說她當時嚇到了，不知道怎麼回應。我們都很感謝這個簡單的觀點：「如果他沒有想要傷害你，那你為什麼要感到受傷。」

有些論壇上會討論該怎麼對憂鬱症的朋友表示關心，許多人會回：「不要對他們說加油！」不知道為什麼，總覺得很像變成一種奇怪又可愛的公式，貼心又好笑。

我的結論是大家真的很害怕憂鬱症，但又不知道該怎麼處理。其實「加油」只是會讓我們再次看清自己和沒生病的人之間的距離，想到底也沒什麼不好，只要抓好差異，未來想追上的時間反而有辦法計算；或是就這樣在原地，丟掉那些表面的寒暄，保留背後的善意。

了解自己真正需要什麼，而不是看大家都需要什麼。用一篇文章寫出來很簡單，但做到其實很難。

目前，就是現在，「加油」對我來說一點都不可怕，我的憂鬱症好了嗎？沒有，只是我很確定，我不想被關心的加油打倒。可以對我喊加油，我沒問題。

69 — 音樂補習

因自己涉獵音樂開始得晚，也自知沒有天分，但自認很會挑選一些音樂品味很好的朋友。雖然我很懶，但只要K告訴我哪裡有好的DJ在放歌，我必定赴約，當作文化補習。

K是這樣，他的專長是尬聊，如果他很欣賞某個音樂人，當天的目的就是去堵他，聊個兩句，要些我們所崇拜之人的歌單。

我很怕生，通常這種時候，我就是幫忙K到樓下抽菸，並一直盯著他的目標，確保在我視線內，直到我們對到眼，我就馬上傳訊息給K，可以開始他的搭訕行動。

酒吧Revolver的十週年，我看著店員穿著「No Coldplay」的T恤，像是我反抗著波特萊爾（Baudelaire）一樣，是一種「如果你目前喜歡他，相信我，還有更多事物值得你探索」的態度。

我坐在地上聽他們聊音樂，面對我不了解的事，我可以從頭到尾不插話，獨自在腦海中幻想與面前的人對話。

我認為ＤＪ即是剪接，所以我把所有的談話內容換算成影像剪輯，細細品味這場男人與男人的談話。我很喜歡喬治說：「取樣有一些明確的法律規定，幾個小節就算抄襲，最普遍的取樣方式是對節拍、倒著放，當然也有類似『Come on everybody』這種俗氣無聊的東西。」

欣賞他說：「有時接一首歌只是為了要說一句話。」在我的影像或文字世界裡，也時常發生這種別人看起來毫無原因，但只要我自己認為清晰可見、理由強大，沒有人能攔得住我那時此刻想說些什麼。如果用影像比喻是實驗片，如果是文字，那肯定就是詩了。

我特別尊敬ＤＪ所遵循的規範，因為在這影像被濫用的時代，多數人剪接都是憑感覺，包含我自己，我無法想像剪輯上的創意被規範限制寬度。我熱愛碎剪，雖然可以追溯影視文化源由，但並不會有人特別因此批評我，原因是大家幾乎都在做，除非你的影像作品跟參考作品的概念和呈現方式完全一樣，才會有人講話。

酒吧關門後，K載我回家的路上，我們滑著手機翻拍那天所有人的珍藏歌單，兩個人像白痴在風裡一直笑著，感到好滿足。

有時候是這樣，世界很大，但想追求的東西，好像比原本認識的世界更大一點點，才有無止境的樂趣。

70 垃圾文章

文章被檢舉到下架了，起初是臉書，後來是 Instagram 一直收到警告檢舉。我沒有備份文章的習慣，文章被下架這件事，就像是提醒自己的文字如果再不實體化，有天會只剩零碎的回憶；再來是服藥後我的記憶力不太好，像被偷走了一些生命，慢慢瓦解我每個階段安慰自己的總結。

對我來說，寫文章有意思的地方是斷句，過去十年都深埋在影像世界的我體認到，每個逗點都像一個剪接點，我可以把故事掌握在自己的節奏裡，而觀眾接收到的畫面只限於我給他們的描述。要是我謹慎，可以一字不漏地像是交給客戶的腳本，把每個情節寫細，甚至聽的音樂，所見物品的顏色、年代、風格，限制他們與我想的幾乎一樣，這也是影像工作者最常見的，盡量讓觀眾的感受及想像與自己趨近一致。

我認為自己做的沒有錯，是因為我發現從「同情」到「同理」的差距是感同身受。

我在首次發病最無助的時候，會想：「我怎麼會這樣？」「別人有我這樣的感受嗎？」「我是不是很奇怪？」

所以從二〇二〇年開始寫「精神疾病去汙名化」的文章，我所做的就是讓別人知道有我們這種人存在，她不是在暗地裡藏著這些情緒，她想清清楚楚地用這個模樣活給你看。

我做起這件事很自在，因為我發現自己透過書寫能把思緒理清，而我並不是所有時間都在發病，我也有很多工作、需要決定很多事，在別人的眼裡，不會只是被貼上一個憂鬱症患者的標籤。我是編劇、導演、攝影、剪接，憂鬱症只是我的一個狀態。

我覺得這樣很好的是，讓一些不理解精神疾病的人知道，我有憂鬱症，但這樣的我也會大笑、喝酒、約會、參加派對。我也發現以這種角度切入，可以讓一個精神疾病患者更被體諒，有種「我和你幾乎一樣，但就是多了一部分與你不同的思緒，那你還愛我嗎？」的感覺。

有趣的是，每當我把發病的所見所聞記下來，將我的絕望、思想、期待寫下來，都會被社群網站撤文下架。於是我更加確定「精神疾病去汙名化」的必要，因為就是有人不願相信，世界上有一個族群只能以這種觀點看待事情；就是有人認為日常生活中的精神疾病不好談論，才讓這個族群感到如此孤單。

我想和那些檢舉我的人說，我會繼續寫，我將此視為某種價值，讓那些所謂的「負面文章」在未來可以被視為「一種想法」，而想法不應該被責備和檢討，那就是一個自然發生的情緒反應，合情合理。這些事不會因為不談論就不存在，這就是我想打造的心理與精神環境，我也堅定認為這才是比較健康的社會。

71 —— 會不會這就是我

那陣子躁鬱症發作的時候是這樣，情慾莫名高漲，打給以前約會的對象說了一句：「你在哪我叫計程車過去之後再叫計程車送你回家。」

為什麼聽起來這麼父權，或許和我的PTSD有關，有時我認為的性是踐踏、貶低男性，我從中獲得快感。

回想過去還不知道自己有精神疾病的時候，我只要和男友吵架，就會坐計程車去他家做愛，心裡覺得占上風，再得意地回家。

這種事發生太多次，直到心理諮商師說：「妳認為那些男人會覺得自己被貶低嗎？」

我才癟著嘴說：「不會。」

帶有悔意地覺得自己的觀念好像真的跟大眾差很多，除了被社會認為是「精神狀態不好」，我內心還有一個想法：「會不會這就是原本的我？」

生活就好像下山的路，因坡度太斜，你的腳不聽使喚、被迫一直往前，所有人都喊你前進，希望你回到他們所認為「正常」的你。

但越是和「情緒病」共處，越覺得我只是越接近「本我」，好像真的比以前更認識自己一點。

我應該是回到大家覺得「好多了」的狀態，我也知道了那樣的「隱藏性格」是社會認為的瘋狂，但在我的認知裡，瘋狂就是精神疾病世界中的日常。

我戴上墨鏡，拿出自信，帶著防狼噴霧劑，告訴大家：我未來這一生所寫的字，都要為「精神疾病去汙名化」發聲。

72 愛的不同方式

有一天，好友來工作室和我聊天，她說其實很羨慕我的家人在我生病時候這麼支持我，她完全可以想像若是自己，她的父母絕對會轉身離開。

當下不太知道怎麼回答，只說她有非常照顧她的老公，也是家人，或許我這輩子都無法遇到。

每次一個人靜靜地想到家人的愛，就會很想哭。

媽媽的愛是這樣，笑容燦爛，熱情溫暖，只要我願意偶爾回家吃飯，她就心滿意足。她對於來我工作室必須提前預約的原則，也可愛地服從遵守。

但媽媽面對特定的事情——我的事情，特別堅強。

媽媽人脈很廣，朋友很多，有人告訴她，我被論及婚嫁的前男友家庭嫌棄。

據說媽媽找到認識的人打了通電話，傳話給「那個家庭」：「我的女兒不是來給你們嫌的，不只你們挑人，我們也不一定滿意你們。」

爸爸的愛很像我，愛耍酷，我們句句精簡，廢話很少地在溝通。

我現在住的房間，是以前阿公的主臥房。我們家有兩間廁所，一間是在長廊底端的粉紅色廁所，另一間是阿公主臥房內的藍色廁所。

姐姐出嫁前，我們家兩個姐妹和媽媽使用那間粉紅色廁所，爸爸使用阿公主臥房內的藍色廁所，是的，我們家的男女廁所是分開的。

阿公過世後，我住進了主臥房，我很不習慣爸爸半夜使用我房間的藍色廁所，甚至有點害怕。我將這件事告訴心理諮商師，我對於自己的「恐懼」感到悲傷。

我怎麼能對自己的父親感到害怕，在腦袋裡實實在在地打了一場架，他撫養我、栽培我、愛我，而我居然連這種小事都無法容忍。

心理諮商師認為這是PTSD的影響，建議我需要和爸爸溝通。

但真的很難說出口，我花了很多時間練習，想著怎麼講才比較不傷人：這不是我買的房子，我怎能要求房子的主人改變他的習慣。

最後我用了非常簡單、非常爛的方法告訴他。

「那個，你半夜進來尿尿我會怕，畢竟你是男生。」

爸爸當下當然感到憤怒，他覺得自己被羞辱，我先是很冷靜地告訴他，換作是我，我也會感到受傷。講著講著，我就哭了，我告訴他，我對於自己這樣看待他也感到相當沮喪，我也會持續看心理諮商。

爸爸的表情一樣非常扭曲，當下我認定我們溝通失敗，開啟冷戰模式。

後來過了一兩個禮拜吧，我從工作室回家，看到我的房間與藍色廁所之間，隔了一扇美麗的門，可以反鎖，還請了工人特別油漆成白色。

爸爸沒多說什麼，但他把他的愛，全做給我看了。

好友離開後，我重新想了想她的話，「如果換作她發病，她有預感家人絕對會轉身離開」的那段話。

我想修正我的回答：「妳的家人一定會用不同方式愛妳，就像妳用不同方式愛他們一樣。」

73 特異功能

有一天，跟電影美術朋友在吃麵。

晚上懶懶的，但聽到朋友說了句有趣的話，眼前一亮。

她說：「妳知道居然有人聽歌看不到顏色嗎？」

我覺得她的問題很美，而且她會這樣問是篤信我也看得到，笑了一下。

我回答：「每個人可能不一樣呀，我偶爾會看到顏色，但多半是看到一幅畫面，例如我聽 City pop 會看到有一個人在一直走。」

「對啊，這很正常吧。好扯哦，我朋友聽到我這樣說很驚訝。」

「因為妳是美術呀，這是妳的特異功能。」

74 — 打分數

其實我每天都會幫自己的心情打分數，最近分數一直沒有及格，有點慌張，害怕自己回到去年，不想交際、不想說話、失去任何動力的日子。

對抗精神疾病是長期戰，每天張開眼的時候都覺得沮喪，新的一天又來了，時間沒有問妳意見地逼近妳，而妳被迫要拿出一些體力抗拒，或試圖讓自己相容於這個空間，又冷又澀。

之前在臉書上看到一位追蹤的台大教授，發文悼念一位自殺的女學生，內容感人肺腑。但不久前，我曾看過他用揶揄的語氣公開發文說，有位學生寫了一百多封信想請他擔任指導教授，他認為那位學生精神上有問題，底下留言笑聲一片。

兩位學生與我都沒有關聯，我卻一直很在意，甚至有點想哭，總覺得自殺的女學生、寫了一百多封信的男同學，在我眼裡，同樣勇敢。

人就是這樣，面對死亡總會寬容起來，可能是信仰或是社會習俗，大家要你尊敬死者，但偏偏，人們對活人是這麼嚴苛。

75 — 我會在哪

我看著德裔攝影師漢姆特・紐頓（Helmut Newton）說：「敵人越多，我越榮幸。」短短八個字讓我哭了好久。

從高處往下看好像是很帥的事，但其實重點是爬。有些人很清楚知道自己在爬什麼，或是他們爬的事物有很多人陪他們一起，幸運的話，掉下來還有人接。

而我呢？「我是誰，我在哪？」這句話對我來說不是網路上的玩笑，而是天天問自己的根本問題。

我把目標放在出書，一本關於「精神疾病去汙名化」的書，但每當我越寫，越與自己爭辯，就越覺得不可能被多數人接受。換句話說，敵人很多，沒有人天生具備那樣的寬容心，連我自己都沒有。

酷兒電影在同性婚姻合法化後仍然歸類於議題電影，我看著某部酷兒電影裡的主角吼著：「我不是神經病！」

內心苦笑了一下，是神經病又怎樣呢。

發現自己越接近目標終點時，我卻常常想哭，想了很久或許是越明白出書所做的這一切自我揭露是一種自我實驗；一個精神疾病患者會因為公開坦白承認經驗而感到到舒適嗎？傷口真的可以因為暴露而癒合嗎？公開談論自己的病時，那個身體裡真正的她躲到哪裡去了呢？她真的有和她期望的模樣站在一起嗎？關於痛苦的情緒回應，是可以有條理的嗎？她這麼用力地想證明什麼？

我還沒有答案，但不斷地接近答案，我越清楚自己仍有無法回答的問題。

一、無法回答關於患有精神疾病的原因。

二、請勿提問關於性侵害的觀點與論述。

選了一條很難走的路，像是在沒有除草的山上，腳抬起的每一步都很吃力，不斷來回確認終點還有多遠。寫自己想寫的，捍衛自己想捍衛的，支持自己所支持的，全然的坦白讓我很自在，但這份坦白放到世界上卻讓我感到很挫敗。

回頭看已經走了太遠，也回不去了。我的面前沒有一個指標，告訴我該怎麼做。總覺得未來的路好長，走得很累，不知道終點在哪，也不知道就算到了終點，我會在哪。

76 統統要記得

影視圈有一位很令人尊敬的前輩在拍片時落水溺斃，我難過好久都沒辦法講話。

我擔任過電影和影集的花絮導演、側拍，也做過MV導演、攝影、製片、製片助理，現在的工作是電視台的節目編導和製作人，知道要改變這個產業的環境很難，除了勞動者的安全疑慮，圈子內部也有階級之分。

因為自己過去的工作內容做得很雜，有時當側拍、有時當導演，看多了人們的大小眼，還有講話語氣態度的差別。

記得在擔任某些角色，妳說話時會有人暗示妳不該講，通常妳會為了顧全大局，或是也不願見到龐大人力完成的作品會因為妳的出聲，造成任何一點動盪，於是妳會把自己看得很小，不想造成任何人的麻煩。

也想到自己曾走過溪邊看起來不太安全的石頭，或是帶著夥伴去到漲潮的海邊場勘。

我有著強烈的罪惡感，所有經歷像是在紙上被紅色蠟筆圈起來的種種缺點，也深刻理解甲方與乙方之間的壓迫與矛盾。

我想提醒自己無論扮演何種角色，都盡可能地始終如一。

目前台灣的影視環境，說到底關鍵就是客戶的預算，以及能夠和客戶對話的人，如果上面的人沒有守住，下面的人永遠只能拿一樣的薪水，拿不到超時的加班費，得不到足夠安全的專業保護。

影視圈每個角色都很辛苦，有些案子你不繼續接就是會斷；剛開始沒談好條件之後被吃死死，或是被放鳥；有時候還會被客戶要四年前的剪輯檔。

希望大家都能在對方提供合約時認真看完，勇敢提出自己想要修改的部分，討論擬定合約的過程雖然可能會被嫌麻煩，但你當下的自律與堅持，會影響著所有相關人員改變「超時拍攝是正常的」這種錯誤認知。

環境差幾乎是台灣的影像工作者最慘的必修課，但你要記得，自己有權利可以拒絕別人想要那樣對待你。

你要記得自己很珍貴，不要為了一個好機會犧牲應有的權利，如果你覺得自己有價值，你的報價和條件就堅持報到你有足夠的時間休息，你要好好保護你的光亮，不要輕易讓別人濫用你的能力和浪費你的時間。

你要好好保護你的火苗（有可能是拍片吸引你燃燒的東西），你要像是在風大的地方點火，手拱成山洞的形狀擋風，不要讓火苗在其他人看到之前就熄滅。

我們都懂拍片是會上癮的，整組人用盡全力一同完成的作品，影像在時間軸上的布局、發生、紀錄、編輯，用多少人的心血與才華編織而成，集體參與的榮耀感像是某種戒不掉的美好藥物，讓你總是因為著迷於創作而忘記自己受的傷，但你要記得醒。

也在此呼籲對客戶有話語權的製作人或導演，真正尊重所有職位的人，請記得當你的工作人員用盡自我能量、專心追求或幫你完成你想要的夢時，你眼裡要看著他們，並思考該規劃什麼樣的格局好好保護這些人的安全。

他們關心你的作品，你更要替他們打造舒適安全的環境，你的角色是可以和客戶溝通的人，你很幸運是少數開得了口的人，你要記得反應。就算你為了成案，有時會不小心壓低整體預算，但事後想起有安全疑慮，還是要記得狠下心改腳本，錢不夠多就不要任性。

我對自己這樣念著。

曾經在車子的後座，看到前座工作十二小時的製片助理，在高速公路上邊開車邊打嗑睡，我能做的只是給他口香糖、陪他聊天，一起抽整個晚上不抽就清醒不了的菸，把每次能安全回家當作幸運。

希望你不要覺得這種生活很浪漫，工作只是工作，你和好夥伴的命都只有一次，沒有下輩子。

如果你可以決定，你統統要記得。

77 — 誠徵室友

我們的房源在溫州街上、台大旁，由攝影棚改建而成，採光很好。接下來的內容很冗長但不是為了賣弄，而是因為室友對我來說是相當親密的關係，是短暫人生中珍貴的相遇與停留，或許也是因為我喜歡安排生命的情節，並確保一切足夠美好。

我們家兩個人已經住在一起四年，是透過玖樓的「共同生活」（co-living）服務安排認識，這個服務要填寫非常詳細的表格，包含興趣、職業，所以住在這裡的人都是藝文相關工作者。

有點像是如果你很常去誠品電影院或是光點，北美館或台北當代藝術館，久而久之，你會熟悉一些面孔，總是和你有類似興趣的陌生人，這種相遇一直讓我覺得很浪漫。

「共同生活」是這樣的，我們不能決定或改變原生家庭的規矩及習慣，因此我們尋找對於生活品質有相同執著的人住在一起。

我們早上喝手沖咖啡，喜歡木質味的擴香，重視家裡氛圍，用色溫三〇〇〇K以下的鎢絲燈泡代替日光燈，因為喜歡威士忌，家裡有兩個吧檯，花瓶裡的乾燥花都是我們自己去花市買來晒的。

我們並不有錢，但我們確實想要讓別人覺得我們活得很好，也想要活得更好，或許就如同《花邊教主》（*Gossip Girl*）裡面蹭在布蕾爾旁邊的女孩，想要藉由聞著別人的名牌香水味，來說服自己處在很高級的狀態。

對於生活的堅持或許很做作，但我也相信一直把自己放在理想位置的人，最終也會無形地讓理想影響現實生活。

我們知道一個人想要在台北活得舒適從容很困難，很難尋找到足夠大的空間來面對工作後的喘息，以我們的經驗，「共同生活」是最容易做到的狀態，也許只是在客廳貼上一張你喜歡的電影海報、或是好不容易在Spotify聽到哪一段特別觸動你的吉他聲、或是你為了約會而挑了整個晚上的洋裝……我們都誠心地歡迎你下班回到這裡時，長篇大論且鉅細靡遺地與我們分享。

在這資訊量過多的時代，我們都覺得熱愛某些特定事物的人很迷人，也認為室友之間能彼此欣賞，是一種很好的狀態。

我是影像工作者，室友是室內設計師，我們奇妙的緣分是同時擁有約翰．伯格的兩三本書、喜歡台灣獨立音樂、也喜歡去各種音樂節玩耍。我們從互不相識到一起生活，與玖樓解約後，我們各自是自由的，卻仍有共識，未來也要一直住在一起，當最好的共同生活夥伴。

最後，如果你電影導演喜歡麥可．漢內克（Michael Haneke）、加斯帕．諾埃（Gaspar Noé）、伍迪．艾倫、魏斯．安德森（Wes Anderson）；作者喜歡蘇珊．桑塔格、托爾斯泰（Leo Tolstoy）、查理．布考斯基（Charles Bukowski）；詩人喜歡普希金（Alexander Pushkin）、雪萊（Percy Bysshe Shelley）、茨維塔耶娃（Marina Tsvetaeva）、顧城、北島；哲學家喜歡叔本華

（Arthur Schopenhauer）、羅蘭．巴特、蕭沆；動畫喜歡《瑞克和莫蒂》（*Rick and Morty*）；音樂聽平克．佛洛伊德（Pink Floyd）、溫哥華睡眠診所（Vancouver Sleep Clinic）、魔怪（Mogwai）、惘聞、CHS、Beach house、Current Joys；下雨聽坂本龍一，而且有自己專屬的做愛歌單，我覺得你應該會很喜歡我。

很謝謝你閱讀到這裡，如果你有興趣，請私訊我的 Instagram（@apriltzu）。希望我有榮幸邀請你上樓一起喝喝茶、聊聊天，幸運的話，或許我們真能夠成為未來室友。

78
我就不想變成你喜歡的那種人

我和室友在臉書租屋社團張貼了〈誠徵室友〉一文，在網路上引起了一場風波，風波延續的這幾天，我發覺自己在情緒管理方面有些微進步。想到以前躁鬱症發作、被酸民攻擊時，是那樣日夜不分地一則則回覆，文字說不清的部分就開直播繼續轟炸，用暴力去反駁別人的誤會與質疑，直到心力交瘁，但得到的結果卻和自己想像的、想聽的完全不一樣。或許是越努力越失落，奢望他人更加理解自己，才會更加絕望。

大概也是因為在臉書和 Instagram 上寫了兩年多的憂鬱症文章，在網路上容易找到痕跡，即使我在出租文中完全沒有提及任何精神疾病的事，還是有酸民找到了我的臉書，翻我過去的照片，用戲謔的態度嘲笑曾經讓我感到痛苦的事。

其中一個發言留在我腦海中揮之不去：「這個人在推動精神疾病去汙名化，但她根本是在汙名化精神病。」

其實從一開始決定做這件事，關起門書寫，在每篇文章結尾放上「精神疾病去汙名化」的 Hashtag 時，就自我質疑了很多遍，總擔心自己說得不夠全面、不夠完美、不夠溫柔。

我憑什麼替這個群體說話？我憑什麼用書寫告訴大家該怎麼做？明明我此時此刻身陷其中，又憑什麼回答讀者的提問、提供解答？

我深刻知道，沒有人能代表任何一個人發言。

之後我便小心翼翼地在所有問答中，告訴大家這是「以我的經驗來說」。

而我也重複在文章中提及，想推動「精神疾病去汙名化」的初衷，只是自私地想調整身旁的環境，想改變可能會遇見或面對的人事物，讓自己好過點。沒有什麼高尚的道德情操或聖人心態，只想透過自我揭露，讓願意想像的人知道我們正在感受什麼、面臨什麼、思考什麼。

書寫與經驗的距離會越來越近、越親越密，更貼近我想表達的真實；我也發現每一次表面上看起來似乎陷入徬徨、崩解的階段，都並沒有真正退回原處，經驗便在知識解體與整合的過程中不斷地向前進。以上這一切，都是為了能夠更理解自我，透過紀錄看得更清楚，自己終於跨越了什麼、排斥了什麼、拒絕了什麼，又是為了什麼可以放下自己的自尊心前進。

這就是我推動「精神疾病去汙名化」的方式，或許酸民對這件事有原本的思考框架，但我想說的是，憂鬱症不只有一種姿態與面向，發病也不一定是哭哭啼啼，我不會是你們理想中推動者的標準模樣，我也不會變成你喜歡的那種人。

79 只說那些你想聽到的話語

願意一起相信和想像世界上有許多痛苦無法和解，問題永遠無法被徹底解決，是在理解受害者心態時很重要的一件事。

這是我發病時讓我感到溫柔的人都擁有的特質，也是從那個時候開始，我希望自己成為一個對於想要保護的人，回應任何敏感話題都要謹慎小心，而對於想愛的人，會選擇相信他的情緒勝過事實。

某次聚會上，聽到有人談論一起性侵新聞事件，用可憐恐懼的語氣說：「如果我是像她那樣在路上被強姦，我就毀了。」

在場的人也紛紛認同這場悲劇。

這明明是一句普通的話對吧，自認為是個堅強的人了，這句話卻讓我難過好久，我想著，「毀了」是什麼呢？是我現在這副模樣嗎，那什麼才是完整呢？我真的毀了嗎？就算毀了又怎樣呢？這句話鑽進腦子裡。多次被這種普通的評論或同情所傷，掉進沒有出口的憂鬱空間裡，把一切視為惡意，甚至責怪親友的所有回答不夠標準，以此成為他們無法理解自己的證據。那我理想的標準答案又是什麼？

反覆如此之後，我發現，因為他人無法理解這個故事妳重複感受了多少次，永遠沒有人可以給出讓妳滿意的答案；又或者在妳心目中，其實也沒有任何話語能夠讓自己真正感到安慰。

後來我觀察到自己和另一個發病的人說話時，腦袋想的是：當我發病時希望別人怎麼回應我。先在腦中思考那句話，再想辦法把它說得更入耳。

希望我能夠成為這樣的人，只講那些我想聽到的關心。若在別人口中聽不到任何我想聽的答案時，我就開口對人講那些我認為較安全的回答，試圖用這種方式讓關心的話語發生在陪伴的場合裡。

好像說出口與聽到自己話語的瞬間，我也同時感到安全與安慰。

80 ─ 無限延伸的幻想大紙

最近身邊有幾個朋友遇到一些情緒問題，他們看到我的狀態比較穩定，不約而同地問我：「當初做了什麼才開始感覺到自己的狀態好轉？」「怎麼找回對生活的熱情？」

我當下無法立即回覆訊息，想了想後發現其實我還沒找回生活的熱情，每天還是戰戰兢兢地過日子，努力撐過一天算一天。

但我確實有找回一些生存的意願。因為也想回應好朋友，因此決定用文字整理我的方法，或許能夠幫上一點忙。

我的經驗是，當你越想控制情緒，情緒就越會回來控制你。

所以不要急著想趕快恢復從前，要有絕對回不去的決心與心態。說實在話，在你承受過這麼多事後，你也不是原來的你了。不要執著於自己原來是什麼人，試圖把他徹徹底底地忘了，你沒必要回去。

不厭其煩地感受這次狀態不好的難受之處，嘗試理解自己所有空虛無聊、悲傷痛苦的思路，把每種思路的劇本寫完，包含真的選擇死亡的後果，甚至是想像人生盡頭之後的樣子。

將這些全部攤開在一張可以無限延伸的大紙上，畫盡你所有幻想得出來的畫面，之後把那張紙直立起來，放到某個你覺得舒適的距離。

看它，好好看它。這是一段有許多平行時空的時間軸，或許會發現你所幻想出來的故事有限，所有負面的選擇最嚴重也不過是死；你開始覺得每一種選擇不過都是上一段時間軸的累積，很多時候自以為是毫無邊界的自由，在這張紙上卻有清清楚楚的範圍與界線，明確得連諷刺都沒有必要。

接著，選擇你認為比較舒適且想要走的那條故事線，成為那個握有決定權的主人。

走它，把這段你幻想過的時間軸真正走完，因為你預測過，所以走起來像是一場表演，盡可能地讓所有決定都走在那條你所希望的故事線上，看看有哪些你沒猜著的部分，或許這些意外總能把人們認為理所當然的生命，激盪出一個較新鮮刺激的篇章。

就算那條路線的劇本最後仍是選擇自行結束生命，你也會發現和其他人幻想的紙張都是差不多的形狀，每個人的人生都伴隨著情緒，就好比你的情緒影響著你的人生那樣。

在這段被你認為狀態不好的時間裡，你沒有跟不上大家，也沒有所謂落後，所以不要著急，也不用感到自責。

做出對當下的自己來說最舒適的選擇，不要刻意嘗試恢復正常，也不要強迫自己變得更好。不想赴約就學習拒絕，尊重自己的各種變化，即便你不喜歡這個變化，先理解這變化，才有機會改變這變化。慢慢地走，千萬不要讓任何人催趕你走路的速度。

把又臭又長的日子分段過，就會稍微減輕遙遙無期的絕望感受。

過了一段日子，至少這張圖最後會畫出自己舒適生活的形狀，如果你喜歡，複製貼上這個形狀，過它，好好過它，直到想再次改變為止。

我是這樣在憂鬱症中找回存活的意願，最大的原因應該是我在這張幻想大紙上，發現只有活著，我才能反抗所謂的命運。

我喜歡將自己認定為決定論者，或許是因為我需要命運之類的規範來讓我知道該怎麼踰越那些該死的標準。所以，不要抗拒與畏懼那些負面想法，生病就好好大病一場，讓身體知道並適應自己的心理正在生病。

我對憂鬱症的看法比較絕望，因為會一直復發，所以我所期望的不是痊癒，而是適應這些難受的日子。

有點像是假裝順從敵人，觀察敵人的弱點，再趁敵人鬆懈時找出偶爾能逃脫的日子。在病時準備，在病時累積，等待有天比較有力氣的日子，逃跑，盡可能地跑遠一點，但心裡有預設逃再遠也會被抓到，這樣再次發病時就不會感到過於絕望。

或許我們從來就不用找回原本的自己，只要不斷在崩壞後創造新的自己，理解和接受每個新的狀態後，就不會這麼排斥存活了。

81 反向

或許發病最痛苦的階段是清醒。

躁鬱症時我所顯露的行為都是我性格的反向，我原本不敢提及的職場性騷擾，我不敢有政治傾向，我不敢公開承認男友，我不敢張揚自誇、我不敢品頭論足，這些都在發病時，全部相反了過來。

在那個世界裡，無法和自己對話，好像所有的話都非得說出口，但又偏偏沒有那樣的理智可以把話說得邏輯好聽，我們的語句碎裂而片斷，就算盡力表達，也無法讓人足夠明白。

我像是一隻激動的狗在人們面前狂吠，他們聽不懂我的語言，因此想藉由我的行為而理解我，卻不知道我是完全沒辦法控制我的行為和言語的。

躁鬱症讓愛自己變成了很難的事。

她不是自己了，她要怎麼喜歡自己。

她的所作所為就算被追溯，源頭可能也沒有意義。

我寫不出一句「標準」的話，抓不準無傷大雅的分寸，時時暴露最令自己痛恨與隱藏的模樣，給認識我或不認識我的人知道；我情緒過度高亢，極度自大與自卑地用差勁的文筆重複表達，以為自己無所謂，卻不知道是病掠奪了腦袋，把自信充滿。

她發病時候不是哭哭啼啼，而是失去理智暴躁地直播，狂妄地傲視他人，又在下一秒變得自卑，楚楚可憐地求人原諒。

她的反反覆覆與情緒起伏被網友嘲笑訕罵，而在清醒之時，才發現很多人認為：「痛苦」只能有一種姿態。

清醒後，多數的時間是後悔與自愧，而看見這些陌生且難看的求生紀錄，她才知道自己的所作所為，但一切在自己腦中卻沒有發生過。

她失憶了。原來生病會失憶。

面對她生疏的殘局，不想承認的爛戲，她想為自己辯駁什麼、捍衛什麼都不是。

才知道，她躁期所說的每一句憤怒，其實都是說給自己聽的，原來她是要自己記得，無論喜不喜歡這情緒，它都確實存在過。

於是每一次躁鬱症發作，她都必須經歷無視於他人的目光，而再一次失去了對世界原有的標準，她對事物的歧視在此刻顯露，她小心紀錄這些起伏與經過，學著調整成一個她真正想成為的人，而她從中認識與獲得新的自我。

也許這是一種接受任何事情發生的方式，當它發生了，就是她的一部分。或許我們必須不斷地失望才能活得越來越接近自己的理想，而我們在練習接受這些反向的自己，也都是自己。

82 我們

「七百五十年前，成吉思汗與蒙古軍士呼嘯過歐亞草原，他們的來去揚起一陣歷史的煙雲霧。然而，誰是歷史英雄前歡呼踴躍的眾人呢？」

很喜歡《人與地》短短一段話中的視角轉換，常常想著那些「眾人」，才是真正的我們，追隨著勇者，因為害怕承擔失敗，只敢在人群中喊叫，發出與大家一致的聲響而心安理得。這樣藏在人群中的心態，正是我想描寫且感興趣的。

每個人都是如此普通，平常失落，偶然幸福，在沙塵之中混沌度日。

還好我們是眾人，是最大單位的一群人。

平凡是多數，多數是優勢，我這樣想著。

83 — 印象

回家路上，想起前陣子跟某間出版社的老闆見面。

因為事先理解彼此的背景了，討論合作時就直接切入正題，為了解他的資源，我先向他解釋自己有什麼資源，提及文化局的藝文補助是一種認可，後說我有一個臉書粉專，在發病期間有兩萬人退追蹤或封鎖我，其中還有許多私訊嘲笑貶低我躁期的模樣。

他問：「然後呢？」

做這些事需要力氣，一般人退追蹤之前，可能會滑到主頁，而我每篇文章都Hashtag「精神疾病去汙名化」，他們有很大機會看到了才決定離開。

或許因為自己的工作是影視媒體，比起社群上的觸及，我更相信這兩萬個「不喜歡」，有動作的才是真帳號，他們都是有價值的真人。

被討厭代表他們有感覺，有感覺比沒感覺好。追蹤者只要一減少，就代表有機會多一個人看到精神疾病去汙名化的文章；而對倡議而言，只要多一個人看到，都算是我賺到。

想著過去在咖啡廳、餐館、酒吧，聽到隔壁桌男女聊著八卦，比較常聽人說自己因為什麼事退追蹤了誰、被誰退了追蹤，而較少聽到別人分享自己追蹤了誰。或許人們對「不喜歡」的印象大於「喜歡」，而對於理念與議題的傳播，我追求「印象」即可，實際執行的過程中，我也完全不需要他們的喜歡。

「確實，被討厭是最好的。」老闆笑笑地回。

恣意消耗原本就虛無飄渺的網路資源，私自把「離開的人」視為一種分類，而「留下的人」也成為了另種分類，兩邊各自有了更扎實的價值。用粉專後台的數據量化這些「離開」，我好像才能真的看見與相信自己給予了些什麼。

她突然想起自己過去喜歡變魔術的情人。有一個魔術是，他會拿一個杯子蓋住六顆骰子，再加上其他兩個杯子，混淆了很多假動作，刻意讓她看到原本的杯子裡只剩一顆骰子，接著問她還剩幾顆骰子。

她排除了他想聽的答案，最後總是說「六顆」。她選擇相信那些被變不見的事物從來沒有消失，就算被分散或聚集，她被瞥過的每一眼，冷漠的、熱情的；惡意的、善意的；排斥的、拒絕的；發生的、錯過的，在她所謂的「印象」範圍裡，全部都是一樣的。

84 — 凌駕

喜歡一個人抽菸，喜歡用嘴巴控制煙的感覺，煙的去向直接且親密，妳有意無意都凌駕於它之上，沒有任何失敗的可能。

85 三流導演

生病以前的我，是那種發現有什麼蠢事就會揪朋友一起去試試看的人，自己舉辦過很多比賽：用屁股賽跑、當蟾蜍掛在欄杆上一整天、揍我的小腿比賽（因為我的小腿沒知覺）、剪《百萬大歌星》的片段，還特別租借場地玩猜歌名大賽。

我發現喜歡拍片也是這樣，讓一個東西無中生有，濃縮大家的心血，並從中獲得成就感。

我目前的工作是拍最商業的那種，有既定的排程與預算，了解客戶需求後一天就要提出切點角度，依照產品屬性和特點，分成兩三種風格或亮點，提供客戶選擇。待客戶選定了以後，再為風格決定合作拍攝團隊，然後再一天就要完成三到五分鐘的腳本。

這種工作雖然平常悠閒，喝茶抽菸等太陽下山，但忙起來就得看著時鐘倒數，不管有什麼想法，好的壞的都得噴出來，就算被打槍，也是看作僥倖為自己爭取更多時間，因此，男友形容我的工作是寫三流腳本。

聽到他用「三流」形容我，不知道為什麼終於有一股輕鬆上身。

原來最重要的事情只要如期完成讓客戶滿意，只要完成這個條件，我也可以完全不追求什麼，這樣別人覺得我寫得爛時好像也是我刻意掌控的範圍。

一位同樣身為編導和製作人的夥伴，聽了「三流導演」的言論後，說：「在台灣的環境，或許一流導演也拿不到三流的錢。」

我聽了滿是安慰，這幾年都在做超級商業的東西，因為覺得那些作品完全不代表我，只是用技術服務客戶，而不太願意分享在自己的社群。但還是覺得能以寫東西存活在這一行很幸運，也很謝謝八年前剛入行時，接案只拍自己喜歡的作品並撐了下來，讓我現在得以在商業案上見縫插針，拿著自己滿意的薪水度日。

記得曾經在伍迪・艾倫的一部電影中，看見一對夫妻嘲笑男主角：「他是導演，他沒有工作。」

男主角堅定且優雅快樂地回覆：「我有工作，只是沒人付我錢。」

看電影的當下，我想著，如果我能夠在八、九年前還不穩定的接案生活時，就看見這個說法，該有多好。那個時候，家人無法理解妳的工作內容，在電梯裡遇見鄰居時，他們詢問已成年的妳正在做什麼，回覆「製片助理」，再被追問：「那是做什麼的？」

妳知道就算說了他們還是不懂。

但家人或許就是這樣好，在妳尚未了解自己以前，他們就已經接受妳。

看著父親替那個愛面子的妳回答，把拍微電影說成微電腦，為了逃離現場的尷尬，妳只好用最誠實的答案做為結尾：「拍片打雜的啦。」

做著自己喜歡的事，但解釋不清、支支吾吾而心虛起來的窘境，仍歷歷在目。

獻給那些剛入行寫字拍片創作的你，別的我不知道，但工作上的累積是會有好事發生的。

三流導演　敬上

86

暗淡藍點

一九九〇年二月十四日，航海家一號太空船剛完成其首要任務，美國天文學家卡爾．薩根（Carl Edward Sagan）說服美國國家航空暨太空總署（NASA），指示太空船向後拍攝它所探訪過的行星。

NASA最後編譯出六〇幀照片，重新組合成一幅太陽系全家福，當中有一張照片剛好拍攝到地球。

地球在這張從六十四億公里外拍攝的照片中，只占整張照片的〇．一二像素，只是照片中一個渺小的「暗淡藍點」（Pale Blue Dot）。

薩根博士透露他從這張照片得到了深層啟示：

「再來看一眼這個小點，就在這裡。這就是我們。在這個小點上，每一個你愛的人，每一個你認識的人，每一個你聽說過的人，每一個人，無論是誰，都在此度過一生。我們所有的快樂和掙扎，數以千萬自傲的宗教信仰、思想體系觀念意識；每一個獵人或征服者，每一位勇士或懦夫，每一個文明的締造者或摧毀者……我們的一切，全部存在於一粒懸浮的塵埃上。永無止境的殘暴，竟然就發生在這個小點上某個角落裡的一群人、與幾乎分不出任何區別的另一群人之間。他們之間的誤解有多頻繁，他們之間的仇恨就有多熾烈。我們裝腔作勢與妄自尊大，自以為在宇宙中享有特權的幻想，都被這顆微弱藍光小點所挑戰。在我們有限的認知裡，在這一片浩瀚之中，沒有任何跡象表明救助會從別處而來，幫助我們救贖自己。」

沒有上帝，沒有鬼神，我們只有自己，我們只剩自己。

註：本文引用並改寫自「暗淡藍點」之維基百科。

87 沒有同理心就沒有真實

大約公元前三九〇年的古希臘時代，哲學家柏拉圖於《理想國》（*Republic*）中提出了著名的「洞穴囚徒」比喻。

設想在黑暗的洞穴中，有一群手腳被束縛的囚徒，以及一把火，他們自小待在那裡不能轉頭，只能看著面前的岩壁。洞穴中還有一些木偶，藉由火把的光，囚徒可以看見木偶映在石壁上的陰影，但看不見木偶本身。他們從小就在這樣的環境中長大，木偶反映在岩壁上的陰影，讓囚徒自然地認為木偶的影子是唯一真實的事物。如果他們當中有人碰巧獲釋，轉過頭來看到了火光與木偶，他最初會感到困惑，他的眼睛會感到痛苦，他甚至會認為木偶的影子比木偶更真實。

我認為柏拉圖所描述的「影子」與「真實」之間的關係，好比當今「他人」與「自己」的關係。

因此我著實從「洞穴囚徒」得到了自己的觀點。

約翰·伯格曾說：「他們存在，就和所需存在是同樣的意思——沒有實體，他無法存在，但他本身又不是一個單純的實體。」

我思考著「不會有一個單純的實體」的存在，或許「洞穴囚徒」中「囚徒」之於「獲釋者」、「影子」之於「真實」，所有事物都反映著另一個事物，但每個事物都有自己眼裡的「真實」。

約翰·伯格又表示：「觀看者所使用的每一幅影像，都能帶他更深入某種折磨、某種性歡愉、某種風景、某種面容、某種不同的世界，那是他單獨一人物，無法到達的深度。」

「他單獨一人物，無法到達的高度」這句話讓我聯想到「共感」，因此我認為必須找出每個人眼裡的「真實」，這也是「共感」的最高層次。

我認為「同理心」就是在試圖理解每個人所面對的「真實」。

若「洞穴囚徒」的獲釋者回到洞穴，告訴囚徒同伴自己看見木偶的存在，洞穴中的人並不會理解或相信；獲釋者永遠無法動搖這些在洞穴中執著地認為木偶影子才是真實的人。而獲釋者「看見木偶」的真實言論，會被視為是無用的。

在這個比喻中，每個人都有眼睛，都有能力見到真實的存在，問題在於習慣的知覺；知覺被束縛在自己的幻想之中，以為陰影便是木偶，但木偶卻也是存在，單靠一人的角度是不足以拼湊「更完整的真實」。

若「洞穴囚徒」延續成為一個有「同理心」的故事，雖然洞穴裡的夥伴是看見影子，而獲釋者是看見木偶，但若他們願意「同理」，每個人的「真實」或許不一樣，那麼獲釋者看見木偶的言論就不會被視為無用的，而洞穴裡的人會認為世界有多一種可能，只是這種可能他們還沒遇過。

由此推論，我認為唯一能夠解套每個人的「真實」就是「同理心」，「更完整的真實」需要仰賴他人的求證，沒有同理心就感覺不到真實，更精準來說，如果沒有足夠的同理心，就沒有足夠的真實。

88 盡可能對於別人的悲傷面無表情

當親密的人在我面前崩潰哭泣、訴說自身痛苦之事時，我會盡可能地面無表情。

或許是在自己的經驗裡，當我忍不住對他人展露真實情感時，很害怕對方同情的眼神和語氣，當我察覺到那些心疼與憐憫的話語，只會讓我的情緒更為低落。於是我訓練自己在接收別人的悲傷時，盡可能地像一根只會眨眼睛的木頭，不隨意丟出任何多餘的情緒給正在受傷的人。

這才想起了初期諮商時，我曾抱怨諮商師沒有給我任何建議和方向，就是讓我講，順著我講，當時覺得既浪費時間也浪費錢。

我曾經換過三個諮商師，在整個過程中，面對講了五十分鐘的我，他們只有以專注的眼神看著我，不做出任何回應，直到最後才告訴我，他們認為沒有把握處理好我的狀況，問我是否同意轉介。

就這樣，難以提及的過往細節被迫硬生生講了三次以上，又哭又累地走出諮商室，才發現又要重複第四次了。事件和回憶的經過變得更為清晰痛苦，也開始知道自己是沒辦法接受現實的哪個部分，甚至開始接受那些無法接受的自己、不想談論時的感受，一塊一塊地拼出情緒的原貌。

後來，我很感謝那三位替我轉介的木頭諮商師們，謝謝他們在認為自己沒有把握時不隨意回應我，保持謹慎與專業，不講出任何一句認同我或是否決我的話，甚至連「對，我懂，我理解」這些接話詞都沒有。對方毫無反應的情緒，讓我當時脆弱危險的狀態維持在一個低點，不會變好，但也沒變得更糟。

或許我能還活著，是因為他們絲毫不回應我的情緒，讓我在面對自己的悲劇時，能夠心無旁騖地專注於個人療傷，而非關注他人對此事的評價。

我希望自己能小心翼翼保護親近之人的情緒與狀態，盡可能地對於他人的悲傷面無表情，如果我沒有把握，就什麼都不要說。

89 爵士精神

因為伍迪．艾倫的電影喜歡上爵士樂，後來常去聽 Open Jam 的表演，喜歡看樂手之於樂器，羨慕他們好像找到了最合適的語言，把話說得那麼銷魂好聽，說得優美自在。

「創造一些東西，再讓它們流逝。」這是她很喜歡的爵士精神，或許是她身上有東西是流逝不掉的。她厭惡這個任何事物都被鼓勵與訓練紀錄下來的時代，這好像也是她一直不願意在身上留下任何刺青的原因，她不覺得自己需要看見印記才能承載那些深刻意義。希望自己永遠和爵士樂一樣活得自由，不拘束於任何意義。

90—活著的目的

收到網友提問：「活著的目的是什麼？」思考了很久很久之後，其實我還是不知道，只知道要活得比爸媽久，以免愧對他們的養育之恩。

我把漫漫的日子分段來過，只替自己設定短期簡單的目標，記得密集發病的那兩年，試圖努力達成生活中原本基礎到不行的事、毫無困難的事，例如：出門、對談、與人類對眼、坐在椅子上超過五分鐘、如何呼吸時不感到焦慮，或是笑，我該怎麼笑，用什麼方式笑才能找回我遺失的快樂？

當時臥床太久，每天躲在被窩裡重複告訴自己：「妳明天要起來坐在那張椅子上，只要坐白天就好，先試試看一小時，拜託妳了，請妳起來，請妳起來。」

終於有一天，我坐上了那張椅子，強迫自己練習著跟隨大多數人的時序，白天試圖清醒，我想像他們一樣，為這個資本主義的社會勞動些什麼，付出些什麼。

為了希望自己看起來在工作，桌上放著紙筆，寫下所有幾乎沒有經過思考的詞彙，賣力寫了一頁之後翻頁，眼睜睜看見憤怒的字跡穿透了紙張沾到了下一頁。我詫異又明瞭，原來在這虛弱無力的身體裡，咆哮的聲音是那麼難聽，心想，若不透過自己的手輸出這些文字，這些情緒該往哪裡去？

坐在椅子上的練習好幾個月之後，也才終於開始能「接受聽音樂」，終於不會覺得音樂提供的資訊過量，也練習聽有人的聲音出現在音樂與空間裡。

最後才是踏出門，看到真真實實的人流，適應他們的陌生不是惡意，壓低帽沿避開所有眼神接觸，就擔心一個對眼的平凡時刻，對方看出妳對於生活只能這麼小心，只得如此刻意，還有那隨時隨地搓揉到破皮的指甲邊緣，好像妳的手總得做些什麼，才能緩解那些焦急。

焦急什麼呢？

總有人會問的吧。開口問的人怎麼能懂呢，怎麼能懂妳自問千萬遍都沒有的答案呢。

但對於呼吸方面確實有些心得，大家呼吸不過來時可能都會以為要用力呼吸，但記得有一次，我真的慌張到喘不過氣時，已經吸不到空氣的焦慮感，會讓我沒辦法再往身體注入一口氣。嘗試多次後發現，只要專注在「吐氣」，把氣用力吐完，自然能呼吸到空氣。

吐氣後才能吸氣，這個解法讓我感到很欣慰，彷彿專注於釋放，之後就能自然獲得新生。或是把難受的情緒實際吐出來，創造實際的出口，才有空間讓新的情緒流入身體裡。

還以為有什麼高山，原來最難的，是生活。

從床鋪到椅子，這樣短短的距離，我走了整整一年。這讓我在情緒的世界裡自知渺小、學會謙卑，我把發病時每個認為困難的事情牢記，告訴自己永遠不要看輕他人承受之苦，或許活著本身就是我活著的目的。

願有一天我們呼吸時可以沒有自覺，而不聞到那難以忍受生存的味道。

91 沒有一種意義略勝一籌其他意義

沒有一種意義略勝一籌其他意義。

她越是掌握住一些自我理解，就越明白每個人的思考脈絡都源自於他內心所見唯一的真實，無法撼動的原因是多數人的觀點與個人本身密不可分，摧毀了哪些真實，就是摧毀自我認同的那些。

眼光角度與記憶深度創造個人唯一真實，它存在於感性理性之前、主觀客觀之前，主體的本質，稱之為人。

自古今來人所見觀點千千萬萬，已死與新生的真實同時存在，像是一個空間內被各種角度的雷射光絕對填滿，你將不會見到單一光線的歧異折射，異與同之間失去了距離後，包容為更巨大的主體。

或許我們認定自己包含在人類整體的概念裡，沒有一種意義略勝一籌其他意義。

#練習社交問答集③——關於自己

Q 如何喜歡自己？

A 我覺得不需要調整到喜歡自己，我認為那是網路雞湯文章創造的恐怖氛圍。不喜歡自己、討厭自己，我覺得沒什麼毛病。

但很重要的是在焦慮、痛苦時發現自己的規律，有點像是情緒上沒有經過思考的「自動反應」，掌握規律後，會發現自己就是這樣性格的人，也比較容易可以跟身邊的朋友、情人、家人說明「你遇到〇〇時會有的自然反應」。如果這些事物不會傷害人，我覺得就不用硬去改變，雖然不喜歡你的人可能會離開你，但也代表留下來的人就是比較能夠接受彼此性格的人，也會有比較大的機率過得舒服。

＃

Q 如何與社會相處？

A 禮多人不怪。自從發病後，我在家休息了兩年沒有工作，重新開始工作、接觸社會時也很慌張，怕自己太久沒跟人群接觸，變得不太會回應各種對話。但後來我發現只要當個有禮貌的人，就算是當個太有禮貌的人，也會得到基本的尊重。

該用書信往來的時候，就要有該有的書信格式，我會要求自己開頭一定要問好，結尾也要收得禮貌。

如果是請教問題，一定要真心地表現不好意思，因為沒有人有義務回答自己。很後悔自己曾經在躁鬱症發病的時候無意識地打擾過別人，因此後來處理工作訊息及電話，都會在多數上班族的工作時間進行溝通（早上九點到下午六點），試圖在別人認為合理的框架與時間中與他們相處，就算是朋友，我也會控制自己晚上十點後不主動傳訊息。後來我覺得養成這樣的習慣很好，慢慢跟上大家清醒的腦袋處理事情，包含生活上的情緒，這樣的區分也會讓自己有完整的休息時間。

還有一個很好的方法，就是如果朋友或是工作來訊，不一定要馬上回覆，因為馬上回覆常常會慌張，導致事情做不好，或是搞砸簡單的事情。可以告訴對方，你確定幾點能回覆問題，然後在特定時段一次把訊息處理完，我覺得這在工作和生活上都很受用。

如果以上這些都做得到，我覺得至少可以成為一個讓人覺得舒服的人（跟社會相處好的意思）。慢慢養成這樣的規律後，你也會察覺到當自己打破規律與原則時，問自己是不是狀況不好，通常會浮出明確的答案。

#

Q 如何與痛苦並存？

A 想了很久，我的方法是去做那些不得不做的工作、參加那些不得不出席的場合，練習切換模式，就算狀態不好，先逼迫自己在那些時候要表現相當正常，也許像是演一場戲，忍耐到結束，下戲後再好好地發洩一波、做回自己。

之前發病很嚴重時，我發現只要強迫自己去另一個場合或環境，就算是利用更不適、更噁心的外力轉換，也能拯救一些內心的煎熬時刻。

因為我發覺新的不舒服感受也是需要再適應的，而在這段適應的時間，就可以短暫忘記上一個痛苦的念頭。我覺得這是讓我練習用外力來控制自己只在特定時間點逃避，在特定時間點感受痛苦。

這跟壓抑情緒不一樣，我認為壓抑情緒是自責，或宣稱那些讓你很難受與在意的事情「沒什麼」。

在特定時間逃避的心態是認知到自己不舒服，但知道現在的狀態不適合解決，就耐心等到自己有時間和體力，再去把整件事情想清楚：腦袋裡哪些念頭讓你很難受、你覺得哪裡被冒犯等，藉此了解自己要避免什麼狀態、人物與場合。

把「適應社會」當成練習控制情緒的方法，但實際上只關注「如何適應社會的自己」，在過程中看見不能變更的立場和原則，不隨意修改或調整自己真實的情緒，把它們統統留下來，再試圖和它們站在一起。

There is no dark side in the moon, really. Matter of fact, it's all dark.

月亮才沒有黑暗面呢。其實，全是漆黑的。

——平克・佛洛伊德，〈日蝕〉（Eclipse）

采實文化 文字森林 READING FOREST

線上 讀者回函

在生命幽深角落，凝視脆弱
和矛盾。情緒障礙為生活帶
來重重困難與不適應，卻也
讓 April 迎來一場蛻變……
——《除了病，我一無所有》

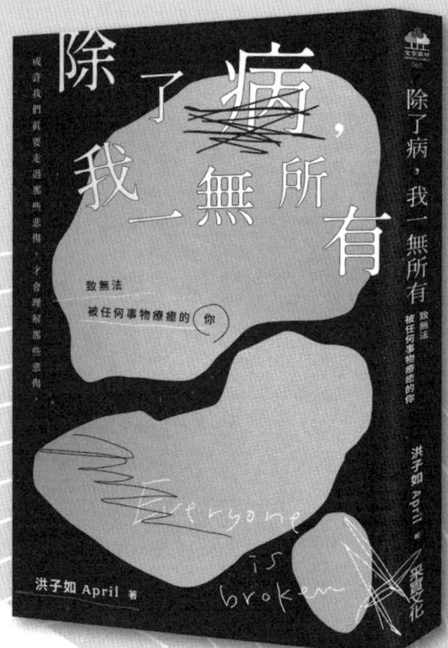

https://bit.ly/37oKZEa

立即掃描 QR Code 或輸入上方網址，
連結采實文化線上讀者回函，
歡迎跟我們分享本書的任何心得與建議。
未來會不定期寄送書訊、活動消息，
並有機會免費參加抽獎活動。采實文化感謝您的支持 ☺

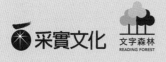

文字森林
READING FOREST
文字森林系列 031

除了病，我一無所有

致無法被任何事物療癒的你

作者	洪子如 April
封面設計	張瑋芃
版型設計	楊雅屏
內文排版	許貴華
主編	陳如翎
行銷企劃	陳豫萱・陳可錞
出版二部總編輯	林俊安
出版者	采實文化事業股份有限公司
業務發行	張世明・林踏欣・林坤蓉・王貞玉
國際版權	鄒欣穎・施維真・王盈潔
印務採購	曾玉霞・謝素琴
會計行政	李韶婉・許俽瑀・張婕莛
法律顧問	第一國際法律事務所　余淑杏律師
電子信箱	acme@acmebook.com.tw
采實官網	www.acmebook.com.tw
采實臉書	www.facebook.com/acmebook01
ISBN	978-626-349-095-6
定價	380 元
初版一刷	2022 年 12 月
劃撥帳號	50148859
劃撥戶名	采實文化事業股份有限公司 104 台北市中山區南京東路二段 95 號 9 樓 電話：(02)2511-9798　傳真：(02)2571-3298

國家圖書館出版品預行編目資料

除了病, 我一無所有 : 致無法被任何事物療癒的你 / 洪子如 (April) 著 . -- 初版 . – 台北市 : 采實文化事業股份有限公司 , 2022.12
256 面 ; 13.5×21 公分 . -- (文字森林系列 ; 31)
ISBN 978-626-349-095-6(平裝)
863.55　111018459

采實出版集團
ACME PUBLISHING GROUP

版權所有，未經同意
不得重製、轉載、翻印

文字森林
READING FOREST

文字森林
READING FOREST